실화 소설
자식을 아들이라 부르지 못한

자식 버린 아버지의 후회

이용덕 저 원화 스케치

도서출판 한글

저자 이용덕

저자 이용덕 작가가 개적한 교회

* 「문예사조」 수필, 시 등단
* 평택대학교 총동문회장 역임
* 나사렛대학교 평생교육원 문창과 수료
* 한국크리스천문학가협회 이사
* 사회복지법인 명신원 대표이사
* 영등포구 사회복지협의회 고문
* 한국민족문학가협회 총재 역임
* 군종담당관 파송(제1991 부대장 준장 조주태)
* 유치원 원장 역임
* 중앙대학교 영·유아보육교사 양성과정 강사 역임
* 스마트 북 『울타리』 후원 회장
* 6.25전쟁 수난의 증언 작가회 회장
* 대통령 표창장 수상
* 신풍감리교회 원로장로

자식 버린 아버지의 후회

2025년 12월 15일 1판 인쇄
2025년 12월 20일 1판 발행
저　　자 이용덕
발 행 인 심혁창
디 자 인 박성덕
인　　쇄 김영배
마 케 팅 정기영
펴 낸 곳 도서출판 한글
우편 07384
서울특별시 영등포구 신길로 41라길 13-9
☎ 02-363-0301 / FAX 02-362-8635
E-mail : simsazang@daum.net
창업신고 1980년 2월 20일
신고번호 제2025-000116호
* 파본은 교환해 드립니다.
* 정가 15,000원
* 국민은행(019-25-0007-151 도서출판한글 심혁창)
ISBN 978-89-7073-651-8-(13810)

그래도 나는 안 죽는다

머리말

　1950년 6.25전쟁은 많은 어린이들을 부모 없는 고아로 만들어 놓았다.

　공산군이 밟고 간 거리마다 울음바다에 갈 곳 없는 아이들은 고아가 되고 먹지 못해 굶어 죽은 시체들이 곳곳에 널려 있었다.

　세상은 잿더미가 되어 어디고 발 디딜 곳이 없었다. 그 비참한 상황 속에 살아 있는 고아들을 외면하지 못하고 자신도 굶어가며 고아들을 거둔 사랑의 인간 천사가 있었다.

　그는 이성덕 전도사님이시다.

　전도사님은 5처 교회를 사역하신 후에 2개 교회를 개척하고 보육원을 설립하여 더 충성하고자 장로님이 되신 이성덕 원장님은 1902년생으로 지금은 천국에 계시지만 고아로 그의 손길에 양육 받은 당시 고아들이 80대가 되어 그 어른 은혜를 못 잊고 어머니로 모시고 있다.

그 고아들 가운데 앞을 못 보면서도 믿음으로 성장하여 후에 목회자가 된 친구 이야기를 본 대로 들은 대로 기름종이에 꼭꼭 눌러 써 두었던 것을 차마 버리지 못하고 지금까지 가지고 있던 것을 문학 활동을 하면서 묵은 책장을 정리하다가 당시 내 소년 때에 시각 장애인인 친구의 슬픈 사연을 마음에 담아 기록한 낡고 찢어진 공책을 발견하게 되었다.

　　지금은 고인이 된 친구지만 그의 이야기를 소설책으로 펴내게 되어 마음이 매우 홀가분하다.

이 용 덕

차례

거지 형제

광철이는 앞 못 보는 형을 이끌고 돌아다닌다.

오늘도 날이 밝았다. 어쨌든 밥은 먹어야 한다.

"형, 아침이야."

광철이는 형을 붙잡고 동네로 갔다. 그리고 어느 집 대문 앞에 서서 말했다.

"형, 밥 좀 달라고 해봐."

광수가 기어들어가는 소리로 구걸했다.

"밥 좀 주세요오."

앞 못 보는 광수는 누가 앞에 있는지도 모르므로 그냥 밥 좀 주세요, 했다.

"형, 더 크게 해!"

그래 알았다. 그리고 목청을 돋우었다.

"밥 좀! 주세요!"

안에서 문 여는 소리가 났다.

"형, 문 여는 소리다."

"응, 가만있어 봐. 나왔어."

"아니, 누군데 남의 대문 앞에 서서 소리를 지르는 거야?"

주인이 나와서 화를 바락 냈다.

"저 배가 고파서 그래요. 밥 좀 주세요."

주인아주머니는 아래위를 훑어보더니 정떨어지는 소리를 했다.

"아니, 장님이 아침부터 재수 더럽게 남의 집에 와서 소리를 질러?"

그래도 광수가 빌었다.

"아주머니 배가 너무 고파요. 밥 한 술만 주세요."

간곡히 사정을 했지만 주인은 겨울바람 같았다.

"아니, 얘들이 어디다 생떼냐? 응? 남의 집에 와서!"

그러면서 문을 꽝 닫고 안으로 들어가면서 침을 뱉었다.

"퉤! 아이 기분 나빠!"

광수는 눈물을 주르르 흘렸다.

"형, 배 많이 고파?"

광철이 안타까운 얼굴로 말했다.

"가자, 딴 집에 가면 돼. 가자. 이 집은 인심이 야박하다."

광수는 한숨을 쉬며 발길을 떼며 말했다.

"뭐, 장님은 사람이 아닌가."

광철이는 광수가 하는 말이 끝나자

"형, 또 그 소리야? 난 그런 소리 하면 싫어."

광수가 대답했다.

"아참, 그런 말 안 하기로 했지?"

"그래, 그런 말 안 하기로 했잖아. 이제 그런 말 하지 마."

"그래, 이제 그런 말 하지 않을게."

딴 집으로 갈 거야?

형제는 또 그렇게 걸어 어느 집 앞에 당도했다.

"형, 이 집에서 밥 달라고 해봐."

"그래, 밥 좀 주세요오!!"

광철이는 깡통을 들고 형은 소리를 질렀다. 안에서 신발 끄는 소리가 나더니 주인이 물었다.

"아니 누가 찾아왔나?"

할머니 목소리였다.

"형, 어떤 할머니가 나와!"

광수가 걱정 섞인 말을 했다.

"여기서도 우리 보고 야단치면 어떻게 해?"

광철이 대꾸했다.

"에이 바보, 전부 다 그런 사람이면 우리 같은 사람은 굶어 죽게?"

이때 주인이 나와서 물었다.

"아니, 누군가?"

"네, 할머니 배가 고파서 그래요."

광수는 이렇게 말하고 고개를 숙였다.

할머니가 안타깝다는 듯 말했다.

"아니, 이 사람은 앞을 못 보잖아?"

"네, 앞을 못 봐요."

"쩌쩌 불상도 하지. 얼마나 배가 고프면……. 예 들어와라."

할머니는 들어오라고 했지만 들어가려던 광수가 할머니를 불렀다.

"할머니. 우리는 들어가지 않겠어요."

할머니가 대답했다.

"아니, 들어와서 한 술씩 먹지. 배고프다면서?"

"아니에요. 우리가 들어가면 집안사람들이 싫어해요. 그러니 여기 깡통에다 주세요."

할머니는 잠깐 생각하다 대답했다.

"그럼 그렇게 해라. 아이 불쌍해, 내가 들어가서 가지고 나오마. 조금만 기다려라."

광철이 기뻐서 말했다.

"형, 그 할머니 참 좋지?"

"그래."

잠시 후에 할머니가 나왔다.

"밥이 찬밥밖에 없어서. 이것만이라도 먹어라."

광철이 말했다.

"할머니 여기다 쏟아주세요."

"응, 그래 네가 동생이냐? 배고프겠구나. 어린것이."

"할머니 감사합니다."

"찬밥인데 무엇이 감사……."

"할머니 고맙습니다."

광수도 머리를 숙여 보였다.

"그래, 아이 고것들 인사도 잘하고"

광철이는 형의 지팡이를 붙잡고 끌고 갔다.

할머니는 생각을 속말로 했다.

"불쌍하기도 하지. 그 조금 주는 찬밥을 받고 저렇게 좋아하니 얼마나 배가 고팠으면 그럴까."

뒤를 돌아본 광철이 말했다.

"형, 그 할머니가 들어가지 않고 우리를 쳐다보고 있어. 그 할머니 참 맘 좋게 생겼어. 나는 처음에 또 야단을 칠 줄 알았어."

광수가 대꾸했다.

"에이 바보. 그 할머니 목소리 들어보면 알잖아."

그렇게 떠돌아다니다 용마산에 도착했다.

"형, 다 왔어. 여기 앉아. 이 잔디밭은 우리 보금자리야 그렇지?"

"그래, 우리들의 보금자리야."

광수는 시무룩해 가지고 힘없이 말했다.

"형, 왜 또 시무룩해 있어. 형이 그렇게 하면 나는 불안하잖아."

광수는 눈물을 뚝뚝 떨어뜨리고 있다가

"아. 광철이가 있었구나. 다시는 안 그럴게. 어서 밥 먹자."

광철이 신이 나서 말했다.

"야! 맛있다. 나 아까 배고파서 혼났어. 이제 밥을 먹으니깐 살 것 같네."

"그래, 많이 먹어라."

"아니, 형은 왜 고것만 먹어?"

"나는 많이 먹었잖아."

"언제 먹었어, 빨리 먹어."

광수는 거짓말을 했다.

"왜 내가 너한테 거짓말을 하겠니. 어저께 누룽지 얻은 것을 남겼다가 먹었어. 그리고 지금 또 먹고, 내가 안 먹었으면 막 먹지."

"그럼 내가 다 먹을래."

"그래 많이 먹어."

광수가 거짓말을 한 것은 동생이 배불리 먹게 하기 위해서였다. 배를 채운 광철이 생기 있게 말했다.

"아! 배부르다. 이제 형보다 힘이 세어졌어. 형 왜 또 그

러고 있어?”

광수는 그제야 웃는 얼굴로

“아니야, 너 밥 먹는 소리가 귀엽고 우스워서.”

“뭐가 우스워. 밥 먹는 게 우스우면 왜 웃지 않고 가만히 시무룩하게 앉아 있지. 형은 거짓말쟁이야. 난 그러면 정말 싫어.”

“그래그래, 그럼 너 밥 먹을 때는 웃어 줄게. 네가 밥 맛있게 먹는 소리가 좋아.”

씨름하기

"형, 엊그저께 내가 형한테 두 판 졌지? 오늘은 안 져. 빨리 일어나 씨름해. 이젠 문제없어."

"씨름이 무슨 씨름이야?"

"형 쫄았나 봐. 그런 소리 안 들으려면 빨리 일어서서 한번 해. 씨름 안 하면 나한테 진 거야."

광수는 한참 생각했다.

'음, 잡념을 없애기 위해 한번 해 보지.'

"광철아, 내가 이렇게 앉아 있으니까 너한테 질까봐 이러고 있는 줄 아니? 그래 한번 해보자."

광수가 벌떡 일어섰다. 광철이는 붙잡히지 않고 요리조리 피하면서 형 잡을 기회를 노렸다.

"광철아, 떨었냐? 네가 요리조리 피하지만 잡히기만 하면 너를 번쩍 들어 떨어트린다."

“헤헤헤, 내가 그렇게 쉽사리 번쩍 들릴까?”

“야, 광철아. 이렇게 피하는 게 씨름이냐?”

“그건 내 마음이지.”

광철이는 몰래 앞에서 발로 땅을 툭툭 쳤다. 그러면 광수는 소리 나는 쪽으로 손을 번쩍 들고 달려갔다. 광철이는 소리를 내고 슬쩍 뒤로 숨어 공격을 했다.

“야잇!”

“아이쿠!”

“헤헤헤 넘어갔지?”

광수가 항의했다.

“뒤로 와서 하는 법이 어디 있어?”

“용용, 졌으니깐 그러지? 억울하면 또 해. 난 문제 없어.”

광수가 꾀를 부렸다.

“광철아 이리 와 봐. 내가 너한테 할 말이 있는데 잠깐만 이리 와.”

“그게 뭔데?”

광철이 가까이 오자 광수가 손을 썼다.

“귀 이리 대봐. 에잇! 내가 할 말이 이거야!”

그러면서 광철이 귀를 잡고 넘어뜨렸다.

"아이쿠, 아얏!"

광수가 좋아서 웃었다.

"히히히, 내가 이겼지?"

"씨이! 말한다고 해놓고 넘어뜨리는 게 어디 있어?"

광수가 약을 올렸다.

"하하하 쌤통이다. 너는 내 뒤로 몰래 와서 넘어뜨리는
건 뭐야? 그것이나 이것이나 똑같지. 왜 억울해? 이제
그만 두자. 더 해 봐야 내가 이길걸."

광철이 항의했다.

"그만 두자고? 이겼는지 졌는지 나는 궁둥이가 아파

죽겠는데."

"거 봐. 아프지? 또 덤비면 이젠 아주 덤비지 못하게 궁둥이 방아를 찧어줄 테니까."

그리고 귀를 쫑긋 세우고 말했다.

"광철아, 이제 그만 가자. 아이들 온다."

"씨이 형, 오늘은 졌지만 내일은 이길 테니 두고 봐!"

"하하하 궁둥이에 멍이 들고 싶어서?"

이렇게 두 형제는 돌아다니면서 기쁠 때는 웃고 슬플 때는 서로 위로하며 살았다.

"형, 이제부터 동네 사람들한테 말해서 짚단을 얻어다 조그맣게 움막집을 지으면 어떨까? 그래야 앞으로 닥쳐올 겨울도 지내지. 겨울이 오면 누가 우리 같은 것들을 재워주겠어?"

"그럼 네가 구해 봐."

"알았어, 형. 여기 잠깐 기다리고 있어. 내가 갔다 올게."

광철이 마을로 내려갔다. 광수는 잔디밭에 앉아 생각을 했다.

'광철이는 나 때문에 저렇게 고생을 하는구나. 내가 없어

지면 저것이 고생을 안 하고 남의 집 수양아들이라도 들어
갈 텐데. 나는 세상 사람들한테 평생 설움을 당하고 살아야
한다. 이렇게 살아 무얼 하나……. 아니다. 나는 어떻게든
살아야 한다. 나는 아버지가 죽이려고 했지만 그래도 살아
여태까지 살아 있다. 음지에도 볕 뜰 날이 있다고 했다.

　나도 앞으로 무엇이라도

　해서 나 같은 사람을

　구해주어야 한다.'

　이때 광철이가

　멀리서

　소리치며

　달려왔다.

움막집

"아! 이제 오는구나."

"형, 저기 좋은 데가 있어. 내가 가서 사정을 했더니 짚단
을 준 사람이 불쌍하다면서 자기네 밭 한 귀퉁이에다 움막
을 치래."

"오, 그래? 지금 한 말이 정말이지? 아, 신난다."

"그럼, 빨리 가."

"그래."

광수는 지팡이를 양쪽에 붙
들고 보따리를 지팡이에다 끼
고 다 낡은 돗자리를 등에다
메고 덜렁덜렁 뛰듯이 내려갔
다.

광철이 짚단으로 지은 움막

을 가리키며 말했다.

"형, 이만하면 되었지?"

광수가 더듬더듬 움집을 만지며 말했다.

"그래, 잘 지은 것 같다."

광철이 신이 나서 말했다.

"이런 거라도 있으니 없는 것보다 낫지?"

"그럼 없는 것보다 낫고말고."

"형 한번 들어가 봐."

"그래, 어디로 들어가지?"

"이리로."

"어디?"

"형, 엎드려 고개를 숙이고 들어가 봐. 없는 것보다 낫지?"

"그럼 없는 것보다 좋지."

"형, 이제부터는 나오지 말고 안에 있어. 내가 나가서 밥 같은 거 혼자 얻어올게. 응?"

"그럼 나는 놀고먹어?"

"그럼, 밥 얻으러 둘이 나가면 동네 사람들한테 놀림 받고 욕 얻어먹고 그러느니 가만히 앉아 있어. 내가 밥 얻어오는 대로 먹으면 되잖아. 놀림 안 받고"

"광철아, 고맙다."

광수는 동생 손을 잡고 눈물을 흘렸다.

"무엇이 고마워 형. 나도 여기 있고 이런 것쯤이야 내가 해야 하지 않아?"

"네가 없으면 내가 살 수 없을 거야. 광철아 진짜 너 혼자 밥 얻어올 수 있니?"

"이제 그런 소리 그만하고 오늘은 저물었으니 그냥 자."

"그래 자자."

이렇게 형제는 다정했다. 광수는 금방 잠이 들어 쿨쿨 자고 있었고 광철이는 생각에 잠겼다.

아주 큰집

'내일은 일찍 일어나서 밥을 많이 얻어와야지.'

밤이 지나고 아침이 밝아왔다.

광철이 빨리 나가야겠다고 하는데 광수가 잠에서 깨어 기지개를 펴며 말했다.

"아아 잘 잤다. 넌 벌써 일어났니?"

"응, 밥을 먹어야 하잖아."

"많이 얻어 와라. 나는 더 잔다."

"갔다 올게."

광수는 자리에 누우며 말했다.

"야! 오늘은 기분이 참 좋다."

광철이 한 동네를 찾아가니 아주 큰 집이 보였다. 그런데 가까이 가 보니 아이들이 많이 보였다.

'웬 아이들이 저렇게 많아? 마치 고아원 같구나.'

그 많은 아이들이 밭에서 고구마를 캐고 있었다.

'나도 저기 들어갔으면 좋겠다. 나도 여기 있게 해 달라고 말해 볼까? 안 돼, 나는 형이 있어서. 내가 여기 들어가면 형은 어떡하라고. 에잇, 여기는 안 돼. 딴 집으로 가보자.'

광철이는 형을 생각하고 발길을 돌렸다.

'요시, 이 집으로 가봐야지. 야단은 안 치겠지.'

"여보세요. 밥 좀 주세요. 네에?"

안에서 누가 물었다.

"누구냐?"

"밥 얻으러 왔어요."

안에서 이런 대답이 왔다.

"너 이리 들어와 봐."

광철이 겁을 먹고 대답했다.

"아이고, 왜 들어오라고 하시지요? 내가 무슨 잘못이라도 했나요?"

또 안에서 더 크게 불렀다.

"야! 이리 들어와 봐."

들어갈까 말까 망설이다가 결심했다.

'에잇 들어가 보자.'

안으로 들어가자 주인이 말했다.

"너 이리와 앉아. 그리고 내가 묻는 말에 솔직히 대답해!"

"뭔데요?"

"잔말 말고 내가 묻는 말에 대답이나 해!"

"네. 말해 보세요."

"너 저 고아원에서 도망쳐 나왔지?"

"아니에요."

"그럼 너 고아원에 넣어주면 있겠냐?"

광철은 귀가 번쩍 띄었다.

"그럼 좋지요. 그런데 저는 형이 있어서 그러고 싶어도 곤란해요."

그 사람이 물었다.

"아니, 형이 있다면서 왜 네가 밥을 얻으러 다니냐? 곤란한 게 뭐냐?"

"우리 형은 장님이에요."

"그래? 몰랐구나. 장님이라고?"

"아주머니, 나하고 형을 같이 고아원에 넣어 주세요. 네?"

아주머니가 이런 말을 했다.

"하여튼 나하고 고아원에 같이 가보자."

"지금요?"

"그럼, 지금 가야지 왜? 안돼?"

"아니요. 그럼 가요. 아주머니 나만 있게 하지 말고 형하고 같이 그 고아원에 넣어주세요 네?"

"그래, 안 되면 할 수 없고."

그렇게 하여 고아원에 도착했다.

"자, 들어와."

고아원으로

"네."

광철이하고 아주머니가 들어갈 때 아이들이 저희끼리 소곤거렸다.

"야! 저 아주머니가 데리고 온 애 봐. 옷이 걸레보다 더럽고 또 깡통도 들고 있어. 아마 여기 들어오려고 온 건가 봐."

"병택아, 우리 집에 저런 애가 들어오면 우리 집 애들 버리기 쉬워. 저 옷 좀 봐. 거지 중에 거지야. 저런 애는 받지 말아야 해."

병택이 말했다.

"야야, 그런 말 하지 마. 너는 어떻게 좋은 애들만 바라냐? 여기는 원래 불쌍한 애들이 들어오는 곳이야. 저런 애가 진짜 고아야."

"그런 소리는 두었다 해. 저런 애가 들어오면 우리 애들은 다 버린단 말이야. 너도 생각해 봐. 깨끗한 손에 석탄 한번 묻혀 봐라. 검은 게 안 묻나 보란 말이야."

여러 아이들이 수군수군했다.

"우리 집 애들은 욕도 안 한단 말이야. 저 애를 봐."

"야, 너희들 내 말 들어봐. 너희들은 여기 들어오기 전에는 안 그랬는지 아냐? 우리 인간은 다 같은 사람이야. 저런 아이일수록 친절하게 대해서 올바르게 고쳐주는 것이 우리들이 배운 보람이란 말이야. 너희들은 아침저녁으로 하나님의 말씀을 배우지 않았니? 개구리가 올챙이 적 생각을 못한다고. 너희들도 지금 생각만 하지 말고 여기 들어오기 전에 너희들이 어땠는지 생각해 봐. 나나 너희들이나 여기 들어오기 전에는 다 똑같은 떠돌이였단 말이야."

여러 아이들이 아무 말도 못하고 가만히 있었다.

"야, 그런 건 그렇고 고구마 캐기나 마저 하자."

"그래 하자."

그때 광철이는 밖으로 나와 저쪽 논두렁으로 뛰어 갔다.

"아니, 쟤가 어디로 가지?"

"글쎄, 여기 못 있게 됐나?"

"그건 그렇고 고구마 캐자."

"야, 누가 제일 많이 캐나 시합하자."

"그래 누가 제일 많이 캐나, 요잇! 이봐, 나는 벌써 이만큼 캤어."

"에이씨! 난 벌써 이만큼 캤는데!"

"아이구 허리야. 이렇게 아프니 나는 벌써 노인네가 됐나 봐. 어쩌지?"

그러다가 손짓을 했다.

"어, 저기 누가 온다. 앞에 오는 아이가 아까 그 아이야."

"아, 그렇다. 그런데 왜 작대기를 짚고 뒤에 있는 사람을 붙잡고 끌고 오지?"

"아하, 뒤에 오는 사람은 장님이다."

"어, 정말?"

"아니, 저것 봐. 작대기에 무얼 걸치고"

"어쩌면 장님이 그 아이 형인가 봐."

"그래, 형이야."

아이들은 서로 수군수군 떠들며 고구마를 캐느라 야단법석이었다. 어느덧 저녁 시간이 되었다. 한 아이가 소리쳤다.

"얘들아, 선생님이 고구마 캔 것 가마니에 담아다 광에 갖다 넣으라고 하신다."

"그래?"

"아, 그럼 우리 빨리 가마니에 담자."

아이들은 고구마를 담아 들고 메고 가서 광에다 넣어 놓고 몸을 씻으려고 우물로 갔다. 이 원아들은 서로 재미있게 살며 싸움도 안 하여 모두가 고아원 아이들 같지 않았다. 외모도 깨끗하고 하루 종일 웃는 얼굴들이었다.

잠시 후에 종이 울렸다.

땡, 땡, 땡, 땡!

"야아! 밥 먹으라고 종친다."

종이 네 번 울리면 밥 먹으라는 신호였다. 아이들은 식사 시간이면 찬송가를 부른 다음 기도를 하고 먹었다.

광철이가 말했다.

"형, 저것 좀 봐. 종소리가 들리자마자 모두가 모여서 노래하고 눈 감고 기도를 하고 있어."

광수가 물었다.

"응? 그럼 우리도 그렇게 하는 거야?"

이때 원장 할머니가 나오셔서 아이들을 둘러보며 말했다.

"식사 시간이지만 소개하겠다. 여기 또 우리 형제들이 들어왔다. 이 아이들과 쌈하지 말고 서로 사랑해야 한다. 알았지?"

아이들은 대답을 않고 쑥덕거렸다.

"야, 아까 그 애야."

"그래."

"야, 이제는 근사하다. 아까는 정말 보기 흉했는데 옷을 딴 걸로 갈아입으니 아주 딴 사람이야."

이때 선생님이 일어나서 한마디 했다.

"왜들 그렇게 웅성거리는 거냐? 떠들지 말고 밥 먹어."

"네."

아이들은 조용히 밥을 먹었다.

한 아이가 다가와 물었다.

"너네 형제니?"

"응."

광수는 긴 말을 하지 않았다.

새로 만난 아이들과 이름을 알리고 서로 인사도 했다.

밤이 되자 광수 형제는 다른 아이들과 같이 나란히 누웠다.

처음 말을 건 친절한 용철이가 말했다.

"광철아, 넌 왜 안 자니? 잠이 오지 않니?"

"응, 어쩐지 잠이 오지 않아."

"그래, 처음에 들어와서 잠이 잘 안 올 거야. 나도 처음에 들어와서 낯설어서인지 잠이 오지 않았어. 잠이 안 와서 멀뚱멀뚱하다가 새벽에야 좀 잤지."

광수가 물었다.

"너도 아버지 어머니가 안 계셔서 여기 와 있니?"

"그래, 우리 엄마 아버지가 다 돌아가셔서 여기 들어온 거야. 내가 여기 들어온 지가 벌써 3년째야. 너도 부모가 다 돌아가셨니?"

광철이 대답했다.

"아니, 우리 엄마는 돌아가시고 아버지는 어디 있는지 몰라."

"그래도 너는 아버지가 살아 있어서 좋겠다."

광철이 말했다.

"네가 몰라서 그렇지 나는 아버지라면 지긋지긋해. 우리 아버지 난 싫어."

"왜 그래? 아버진데?"

아버지의 정성

    광수가 이 고아원까지 오게 된 이야기와 광철이가 모르는 이야기를 들려주었다.

    "아니야, 광철이 가만있어 봐. 너는 몰라, 나는 우리 집에서 맏아들로 태어났어. 그런데 세 살 적에 홍역을 앓았어. 그때 어머니가 아버지한테 '여보, 광수가 홍역을 해요' 하자 아버지가 '홍역을?' 하고 아버지가 크게 놀라셨어."

    아버지가 놀라시자 어머니가 말했다.

    "이봐요, 얼굴에 벌겋게 꽃이 돋아났지 않아요."

    "허어, 큰일 났구먼."

    어머니가 서둘렀다.

    "빨리 무당 데려 와요. 굿을 해야지요."

    그 날 무당이 와서 굿을 했다. 그러나 그 다음 날은 더 심했다.

아버지가 어디를 가서 개 한 마리를 잡아왔다. 어머니가
물었다.

"아니, 여보 그 개는 어디서 났어요?"

"쉿! 떠들지 마. 이 개는 저 이서방네 집에서 잡아가지고
온 거야. 오늘 저녁에 잡아서 광수 먹여야지."

"아니 그 개를 훔쳐온 거예요?"

"그래, 잠자코 있어."

"아이 참, 애는 저렇게 홍역을 하고 있는데!"

"여보, 빨리 아궁이에 불이나 피워요."

"아니, 그 개를 아궁이에서 잡아요?"

"글쎄, 내가 하라는 대로 하면 되지 뭔 말이 그리 많소?"

"네. 불을 때겠어요."

그래서 아버지는 그 날 저녁 개를 아궁이 불에서 잡았다.

광수가 울어댔다.

"엄마아, 야앙! 야앙!"

"아이구 큰일 났구나. 얼마나 괴롭겠니?"

"여보, 개는 그만 좀 만지고 광수나 잘 봐요."

아버지가 말했다.

"홍역은 가만히 내두어야 낫지 자꾸 만지면 더 나빠져요. 그러니 날 때까지 가만히 두어요."

"어떻게 가만히 두어요. 이렇게 괴로워하는 것을. 그러지 말고 약방 할아버지한테 가 봐요. 그 할아버지는 무슨 병이든지 다 고쳐주신대요."

"그래? 그럼 가 봐야지."

그 길로 아버지가 약방을 찾아갔다.

"할아버지, 우리 애 좀 낫게 해주세요."

할아버지는 와서 아이 눈을 까보더니 머리를 절레절레 저었다.

"할아버지, 어때요?"

어머니가 애타게 물었다.

"최서방 잠깐만 나 좀 봐요. 말하기 곤란하지만 가르쳐 드리지요."

할아버지는 조용한 자리에 가서 말했다.

"당신 아들은 앞을 못 보는 장님이 될 것이오."

"네?"

아버지는 머리에 찬물을 맞은 듯 깜짝 놀라 부르짖었다.

"아아! 내 아들이 장님이 된다고요?"

아버지는 광수를 와락 끌어안으며 부르짖었다.

"광수야, 광수야 내 아들, 아빠를 좀 보아라."

"아버지, 으으음음."

광수는 신음하며 손을 내밀어 아버지를 향해 손을 저었다. 그것을 본 아버지가 낙심하여 소리쳤다.

장님이 된 아들

"아아, 네가 정말이구나!"

아버지는 목이 메어 아들을 품에 안았다.

"광수야, 나 좀 봐라. 나 좀 봬! 나 안 보이니?"

아버지는 믿어지지 않아 애타게 물어보았다. 사정을 모르는 어머니가 물었다.

"여보, 왜 오늘은 새삼스럽게 야단을 치시오? 광수 열이 더 심해졌어요?"

아버지는 심각하게 대답했다.

"광수가 장님이 되었소."

"네? 뭐라고요?"

아버지는 머리에 무엇에라도 맞은 듯 정신이 없어 보였다. 엄마가 우는 소리로 말하며 광수를 안았다.

"광수야! 광수야, 얘가 정말 장님이 되었다고요?"

아버지는 창밖으로 먼 산을 멍하니 바라보며 말을 못했다.

얼굴에 눈물이 주르르 흘러내렸다. 어머니도 목이 메어 광

수를 불렀다.

"광수야 어디 한번 눈을 떠 봐, 응?"

"엄마 아아……."

광수는 갑갑하여 몸부림을 쳤다. 엄마는 광수 눈을 까

보더니 그만 부르르 떨었다.

"어머나! 눈이 하야요. 으흐흐."

어머니는 울음을 터뜨렸다. 아버지는 조심스럽게 말했다.

"여보, 잠깐 이리 와 봐요."

아버지는 목소리를 낮추고 말했다.

"광수가 맹인이 된 것을 동네 사람들이 알면 우리 집을

좋지 않게 생각할 테니 부끄러워서 어떡 하냐 말이오."

"그럼 어떡해요?"

아버지는 엄마 귀에 대고 속삭였다. 그 소리에 엄마는 놀라서

"네? 그렇게는 못해요."

그러면서 뿌리쳤다.

아버지가 이런 말을 한 것 같다.

"그냥 놔두면 우리 집안을 어떻게 보겠소. 장님 집이라고 흉볼 것이 뻔한데."

"그렇다고 목숨을 끊으라면 어떻게 해요. 자식을……."

"여보, 그럼 내가 생각해 보지. 그렇지만 애를 밖으로 데리고 나가지 말아야 해."

"네, 염려 말아요."

엄마는 한탄을 했다.

"아이, 불쌍도 하지. 하필이면 장님이 될 게 뭐야."

광수는 홍역이 다 끝나고 나아갔다. 그리고 4살이 되었다.

"엄마, 갑갑해."

"그래 참아라, 아이고 우리 광수 착하지."

"엄마, 어디 있어? 안 보여!"

"이제 조금만 있으면 나아질 거야."

마침내 홍역은 완치되었다. 그렇게 달래가며 2년이 지나났다. 이제 학교에 들어갈 나이가 되었다. 그럴수록 아버지는 말도 심하게 했다.

"여보, 오늘 또 절대 밖으로 못 나가게 해요."

"네, 염려 말아요."

그런 말을 들은 광수가 말했다.

"엄마, 나는 왜 밖으로 못 나가게 하는 거야? 답답해 못 견디겠어. 나 밖에 나가고 싶어!"

"안 돼, 밖에 나가면 큰일 나."

"왜 큰일 나? 난 싫어, 난 나가서 놀다 올 거야."

"안 돼 나가면 아버지가 야단 치셔."

"그래도 답답한 걸 어떻게 집에만 붙어 있으라는 거

야?”

“얘야, 그럼 요 앞마당에 나가 놀다가 빨리 돌아와야 해. 아버지가 보시면 큰일 난다.”

“예.”

광수는 난생 처음으로 신이 나서 마당으로 나가는 순간 아버지가 들어오다 보셨다.

“아니! 너 왜 여기까지 나와 있어? 빨리 들어가지 못해!”

“아버지, 잠깐만 밖으로 나가게 해줘, 응?”

“안 돼! 빨리 들어가지 못해?”

아버지는 화를 벌컥 내며 소리를 질렀다.

광수는 나가 보지 못하고 그냥 안으로 들어가고 말았다.

“여보!!”

“아이고, 들켰구나!”

“어쩌자고 광수를 밖으로 내보낸단 말이오? 당신 미쳤소?”

“그럼 어떡해요. 애가 그렇게 밖에 나가고 싶어 하는

걸요."

"여보 잠깐 이리 들어와 봐."

"왜요?"

"오늘부터 광수를 뒤주에다 가두어야겠소."

"네? 그건 안 돼요. 그게 무슨 말씀이세요?"

아버지는 화를 버럭 내면서 소리쳤다.

"안 돼! 내가 나가면 밖으로 내보내려고?"

"여보, 그렇게는 하지 말아요. 내가 밖으로는 안 내보낼
게요."

"아! 떠들지 말고 뒤주 속에 있는 것들을 다 꺼내지 못
해!"

"못 해요."

어머니가 가로 막자 아버지가 화를 냈다.

"당신 내 말 들어봐. 동네 사람들이 알면 내 체면이 뭐
가 되겠느냐 말야!"

"그래도 당신이 장님이 안 된 것을 다행으로 알아요.
만일 당신이 장님이 되었다면 어떻겠어요? 당신 입장을
바꾸어서 생각해 보세요. 네?"

"왜 이렇게 말이 많아. 당신이 못하겠다면 내가 꺼내
지. 자, 이리 비켜!"

"못하겠어요."

그러면서 뒤주를 가로막았다.

"왜 이렇게 속 썩혀? 저리 비켜!"

"여보 제발 애를 가두진 마세요."

"왜 이렇게 군말이 많아. 응? 에잇!"

아버지는 어머니를 걷어찼다.

"아이구, 허리야! 광수야 이 일을 어쩌면 좋으냐? 으으흐흐 네가 뭣이 못나서 장님이 되었단 말이냐."

어머니는 무릎을 꿇고 엎드려 울었다. 집안에 무슨 일이 있나 해서 동네 사람들이 모여들기 시작했다.

"여보시오들 왜 남의 집엘 함부로 들어오는 거요? 빨리들 나가시오."

동네 사람들은 수군수군하면서 밀려나 대문 앞에서 웅성거렸다. 누군가가 안에다 대고 소리쳤다.

"아니, 왜 쌈들이야!"

아버지가 어머니한테 불만스럽게 말했다.

"당신 때문에 동네 사람들한테 탄로 날 뻔했단 말이야!"

아버지는 광수를 불

렀다.

"광수야, 이리 와!"

"네?"

"너 오늘부터 이 뒤주에 들어가 있어. 안에서 나오면 나한테 매 맞아. 알았니?"

"싫어, 아버지."

광수가 발버둥을 쳤다. 엄마가 다가와 울음 섞인 말로 했

다.

"광수야 들어가지 마라."

"엄마, 나 여기 들어가지 않을래!"

엄마가 아버지한테 사정했다.

"여보, 제발 이러지 마세요."

"뭐야? 이것들이 정말 귀찮게 굴 거야?"

아버지는 엄마를 메다쳤다.

"저리 비키지 못해?"

"아이쿠!"

엄마는 나가떨어졌다. 엄마는 다시 일어났지만 광수는 이미 뒤주에 가두어졌다. 아버지는 자물통으로 잠가 버렸다.

어머니는 뒤주를 붙들고 엉엉 울었다. 안에서 광수가 소리쳤다.

"엄마, 나 갑갑해!"

뒤주 속에서 꾼 꿈

광수가 엄마, 나 갑갑해 갑갑해 하는 소리가 엄마 마음을 찢었다."

"광수야 얼마나 갑갑하겠니? 아이고 광수야, 으으으 불쌍한 광수야……."

엄마는 뒤주를 두들기며 통곡을 했다. 아버지는 속으로 생각했다.

'자식이니 불쌍하다. 그러나 나는 장님 아버지라는 소리는 죽기보다 듣기 싫다.'

그렇게 되어 광수는 뒤주 안에 영원히 갇히는 신세가 되었다. 밥 먹을 때만 뚜껑을 열고 밥을 들여보내면 그 안에서 밥을 먹었다. 똥오줌도 요강을 들여보내 주었다.

잠은 좁은 뒤주 속에서 웅크리고 자야 했다. 그렇게 여러 해가 지났다.

광수는 그 후부터 매일 눈물을 흘리다 잠이 들었다.

오늘도 뒤주 속에서 징징거리며 더듬더듬하는데 뒤주
문이 열렸다. 밖으로 나와 귀를 기울여보니 엄마 아빠가
모두 주무시는 것 같았다.

'엄마를 깨워 볼까? 아니야 그러다가 들키면 엄마가 아빠한테 매 맞아.'

그때 밖에서 까마귀 우는 소리가 났다.

"까욱, 까욱, 까욱."

'어? 까마귀가 운다. 아이 무서워.'

떨고 있을 때 문 여는 소리가 났다.

'아이 문 여는 소리! 아이 무서워.'

그때 누군가 발소리가 났다.

"엄마야?"

광수는 소릴 질렀다.

"광수야 일어나라."

"앗! 아버지."

"빨리 일어나 밥 먹어라."

광수는 뒤주 속에 웅크린 채 꿈에서 깨어났다.

'아, 꿈이었구나.'

아버지한테 들킨 꿈이어서 다행이다 하고 생각하는데 정말 아버지 목소리가 들렸다.

"광수야. 밥 먹어라."

"네?"

광수는 이상한 느낌이 들었다. 아버지 목소리가 전 같지 않고 부드러웠다.

'아버지가 오늘은 웬 일로 밥을 먹으라고 하실까?'

아버지가 밥상을 차려주셨다. 다른 날 같지 않게 오늘은 반찬이 여섯 가지나 되었다. 밥도 많이 주시고 아버지가 자리를 떠났다.

아버지 고맙습니다, 하고 생각하며 밥 한 숟가락을 떠서 입에 넣었다. 밥맛이 전 같지 않고 이상했다.

"앗! 쓰다."

광수는 순간 꿈을 생각하며 오늘 아버지가 죽이려고 이러시는구나 생각하며 속으로 부르짖었다.

'아니야, 나는 절대 안 죽어. 죽지 않고 살아야 해.'

그리고 얼마 후였다.

아버지는 아들 광수가 밥을 다 먹었으리라 생각하자 가슴이 두근거렸다.

'이제는 죽었겠지.'

그런데 놀랍게도 광수가 부르는 소리가 들렸다.

"아버지, 밥 다 먹었어요."

아버지는 깜짝 놀랐다.

"엇? 살아 있잖아!"

분명히 쥐약을 밥에 비벼서 주었는데 살아 있다니 하
는데 아들 소리가 또 들렸다.

"아버지, 밥 다 먹었어요."

엇? 또 부르지 않나. 아버지는 태연히 대답했다.

"그래, 간다."

"아버지, 이런 밥 안 먹어요!"

광수가 흥분해서 소리치자 아버지는 놀라서 외쳤다.

"아니, 이 녀석이?"

아버지는 남이 알까봐 아무 소리도 못하고 이것저것 챙겨 들고 나가 변소에다 버렸다.

아버지 턱에 피가 흘렀다. 광수가 던진 밥그릇에 맞아 다친 것이다. 그래도 남이 들을까 봐 아무 소리 못했다.

'아, 이 녀석이 어떻게 쥐약 탄 줄 알았을까?'

광수는 혀를 대보고 바로 독약이라는 것을 알았던 것이다. 그리고 며칠 안 있어 6.25전쟁이 일어났다.

광수는 얼굴이 노랗고 허리가 활처럼 구부러지고 비쩍 말라 뼈만 남았다. 어머니는 마음을 태우며 몇 날을 보냈다.

아버지가 갑자기 방구석에 누워만 있었다. 아버지를 보고 엄마가 말했다.

"여보, 이러고 있지 말고 일이나 나가요."

아버지가 말했다.

"여보, 요새 전쟁이 났는데."

"전쟁이 나요? 그래서요?"

"나한테 군 입대 영장이 나왔소"

"네?"

"영장이 나왔다구. 여보, 내가 당신한테 너무 했나 봐!"

"나는 괜찮아요. 광수가 불쌍해서 그렇지요. 그러니 이제 광수를 나오게 해주어요."

아버지가 가만히 있자 어머니가 다그쳤다.

"여보, 속 시원히 말해 줘요."

아버지는 한숨을 쉬다가 대답했다.

"허어, 안 돼. 지금 내보내면 여태까지 숨긴 비밀이 수포로 돌아간단 말이야. 제발 내놓지 마."

그러고 있다가 다급히 말했다.

"아참! 시간이 됐구먼. 그럼 집안 살림 잘해. 난 지금 가야 해."

마침내 아버지는 군에 입대하기 위해 집을 떠났다. 어머니는 아버지가 가는 것을 보고 부르짖었다.

"여보!"

"왜?"

"저……. 아니에요. 어서 다녀오세요."

“그럼 집 잘 봐.”

어머니는 무슨 말인가 하려다가 하지 못하고 아버지를 보내드렸다. 그리고 어머니는 집으로 돌아오며 생각했다.

'나는 광수 고생하는 것 못 봐. 오늘 당장 열어주겠어.'

어머니는 집으로 돌아오는 즉시 뒤주 문을 열어주었다.

“광수야, 이리 나와라.”

“엄마야!”

광수는 나와서 엄마 품에 안겨 울었다. 엄마도 울며 말했다.

"그동안 얼마나 고생했니? 이젠 해방이다."

"엄마. 이렇게 나왔다가 아버지한테 들키면 야단맞겠지?"

"아니야, 아버지는 저 나쁜 놈들하고 싸우러 나갔어."

"엄마, 아버지보다 더 나쁜 사람이 있어?"

"얘야 그런 말 함부로 하는 거 아니야. 아버지도 너 낳기 전에는 참 좋은 사람이었어. 네가 세 살 되고부터 변했지."

"그래도 난 아버지 싫어."

"그런 소리 하지 말래두."

어머니는 부드럽게 타일렀다. 그리고 며칠 후 갑자기 쓰러져 심하게 앓기 시작했다.

"엄마, 아프면 난 어떡해?"

엄마는 광수가 뒤주에서 나오자마자 병이 나서 심하게 앓았다. 그렇게 앓기를 며칠이 지났다.

"광수야 부엌에 가서 물 좀 떠다 다오."

"네?"

광수는 엉금엉금 더듬어 부엌으로 가서 물을 떠다 드렸다.

"엄마, 물 떠왔어요."

"그래, 아이 착하다. 물을 다 떠오고 나 때문에 고생을 하는구나."

"엄마 내 걱정은 마시고 병이나 빨리 나으세요."

"그래 내가 병이 어서 나아야지. 그래야 네가 고생을 안 하지."

그렇게 하여 어느덧 광수가 9살이 되었다. 엄마가 물었다.

"광수야 엄마가 죽으면 넌 어떡하지?"

"왜 또 그런 말을 해? 그런 말 하지 마. 난 싫어."

"에유, 불쌍하지. 내가 죽으면 어떡하나. 거지로 떠돌아다녀야 하면 어떡하나."

"아이 참 엄마, 또 그런 소리."

"그래 알았어. 그런 말 안 할게."

그리고 말했다.

"너의 아버지 소식은 왜 없을까."

"엄마."

"왜?"

"나 동생 있다면서 정말 있어?"

"너는 네 동생 있는 거 몰랐잖아."

"알긴 아는데 확실히 몰라. 그러나 동생 목소리는 알아."

"네 동생이 너한테 얼마나 잘했는데. 네가 뒤주 속에 있을 때……."

광수가 다그쳐 물었다.

"내 동생 어디 있어? 응?"

"네가 뒤주 속에 있을 때 동생이 너한테 가려고 하면 아버지가 네 근처는 얼씬도 못하게 하셨단다."

"그래? 동생이 어디 갔어?"

"네 동생은 고모가 데려갔단다."

"동생을 왜 고모가 데려가?"

"걔가 너한테 가겠다고 졸라서 고모한테 너를 데리고 가라고 해서 데려갔는데 지금 6살이 되었을 거야."

"난 아버지라면 이가 박박 갈려요."

이때 어머니가 더 심하게 앓기 시작했다.

"아이고오, 아이고오오."

"엄마 왜 갑자기 그래?"

"아이고 아파, 내가 죽을래나 보다. 광수야, 나 물 좀 떠다 다오."

"응."

광수는 더듬거리며 나가 물을 떠왔다.

"엄마, 물 떠왔어."

"아이구, 아이구, 나 못 일어나겠다."

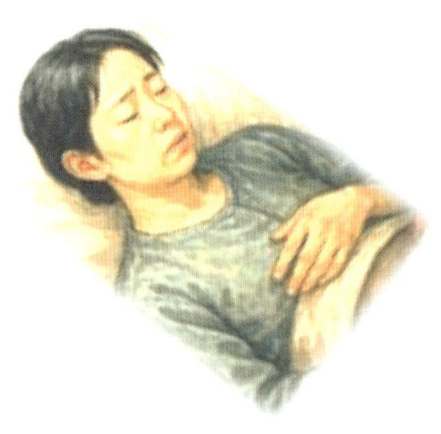

광수가 손을
내밀고 말했다.

"그럼 내가
받쳐드릴게.
자, 아 해."

엄마는 숨을
가쁘게 쉬며
물을 받아 마셨다.

"이제 그만하다."

"엄마 빨리 나셔야 해요."

"나는, 나는 간다. 그런데 너는……."

엄마의 죽음

"엄마, 왜 그런 소리를 해?"

엄마는 기어코 세상을 떠나셨다.

광수는 엄마를 흔들며 소리쳤다.

"엄마, 왜
대답을 안
해? 어? 돌
아가셨어?"

엄마는 대
답이 없었
다. 광수는
엄마를 부둥
켜안고 엉엉
울었다.

"엄마, 엄마는 안 죽는다고 하시고 왜 죽었어?"

아무리 불러도 대답이 없었다. 광수는 엄마를 안고 땅을 치고 울었다. 아무리 통곡을 해도 아무도 돌아보는 사람이 없었다. 혼자 엄마 곁에서 울다가 거리로 나섰다.

장님이 되어 거리로 나서도 친척도 아무도 알아보는 사람이 없었다. 그럴 수밖에 없는 것은 그 나이가 되도록 동네 사람이 보지 못하게 뒤주 속에 가두어 두었기 때문에 이웃 사람들도 낯선 장님이 떠돌아다니는 것으로 알 뿐이었다.

광수는 집을 떠나 돌아다니며 거지 노릇을 했다. 밥을 얻어먹는 것도 어려웠지만 더 괴로운 것은 동네 아이들이었다.

"야, 장님 지나간다."

"야, 한번 놀려줄까?"

"그래 그래."

아이들이 몰려들어 돌팔매질을 했다. 그러다가 다가와 얼굴에 침을 뱉으며 놀렸다.

"장님! 장님! 퉤 퉤 퉤!"

"하하하 신난다."

"야 저것 봐. 장님도 눈에서 눈물이 나온다."

"야. 그럼 장님이라고 눈물이 안 나니?"

"하하하 재미있다."

광수가 소리쳤다.

"야! 이 개새끼들아 장님은 사람이 아니냐?"

한 애가 비웃었다.

"어! 장님이 이제 제법인데. 기어올라. 하하하하."

"야, 우리 저 장님 본때를 보여주자."

아이들이 몰려들었다.

"자, 이제 시작이다!"

광수는 무슨 짓을 당할지 몰라 당황하고 있었다. 그때 마침 동네 할아버지가 그 광경을 보고 호통을 쳤다.

"야, 이놈들 왜 불쌍한 장님을 보고 못살게 구는 거야? 응? 이놈들 내 지팡이 맛을 봐야 알겠니?"

광수가 겸손히 말했다.

"할아버지 고마워요."

"고맙긴 뭐가 고마우냐. 어디 다친 데는 없느냐?"

"다치진 않았어요."

"다행이구나. 요새 애들은 웬 장난이 그리 심한지. 그
럼 주의해서 가거라."

"감사합니다. 할아버지 안녕히 가세요."

"오냐."

이렇게 할아버지 덕으로 광수는 아이들 몰매를 피했다.
그 후부터는 길을 가다가 아이들 소리가 나면 피해 다녔다.
그렇게 온갖 고생을 하며 더듬거리며 밥 얻어먹고 간 것이
평택에서 여주까지 갔다.

하루는 어느 마을에 들어가니 누가 형이라고 부르는 소리
가 들렸다.

"형!"

"형? 누가 나보고 형이라고 하지?"

"형!"

"아니, 누군데 나 보고 형이라고 하지?"

"형, 나 몰라, 나 광철이야. 형 이름 광수 맞지?"

"아! 그래? 내 동생이란 말이야?"

"아, 다행이다."

형이라는 소리를 들은 광수는 어쩔 줄 몰랐다. 기쁘기도
하고 반가웠다.

"그래 너 지금 어디 있니?"

"나 밥 얻어먹으며 다녀."

"그래? 아이 딱해라. 그런데 너 고모가 데리고 갔다는데
왜 고모 집에 있지 않고 돌아다니며 밥을 얻어먹고 있니?"

"몰라, 고모는 나를 떼어놓고 어디로 갔어. 그런데 형, 엄
마는 집에 있어?"

광수는 기가 막혀 말을 못하고 주저하다가 입을 열었다.

"엄마, 아아, 엄마는 돌아가셨어."

광철이 놀라 소리쳤다.

"엄마 죽었어? 아버지는?"

"아버지는 6.25전쟁 때문에 군에 갔어."

"그럼 우리는 진짜 거지네?"

"음, 우리는 진짜 거지보다 더……."

그렇게 하여 동생과 형이 같이 다니게 되었다. 형은 동생 덕으로 동네 아이들한테 놀림을 받지 않게 되었다. 동네 아이들 소리가 나면 다른 길로 피할 수가 있어 좋았다. 그래서 혼자 다닐 때보다 좋았다.

고아원 아이들

광수는 광철이와 발길 닿는 대로 어디든 갔다. 광수가 집에서 나온 지도 어언 3년이 지났다. 형제는 구걸을 하면서 가다 보니 영등포까지 오게 되었다.

그렇게 영등포까지 와서 고아원에 들어오게 된 것이다.

용철이가 눈물을 글썽거리며 말했다.

"아, 내가 눈물을 흘리다니. 나도 눈물이 나는구나. 나는 양부모가 다 없어서 깡통 들고 이집 저집 다니는데 다행히 이 고아원 원장 할머니가 나를 발견하여 여기까지 오게 된 거야. 형은 어떻게 된 거야?"

광수가 대답했다.

"우리 아버지는 6.25때 군대에 가고 어머니는 병으로 돌아가셨다. 난 공산당만 생각하면 지긋지긋해. 그리고 우리 아버지도 최대의 원수야."

"정말?"

"그렇지만 내가 아주 어렸을 때 아버지는 나를 얼마나 사랑했는지 몰라. 우리는 그 전에 부자로 살았는데……."

그때 담임선생님이 시찰을 오셨다.

"아니, 여태 자지 않고 무슨 얘기들이냐?"

"아니에요. 우리는 서로 그 전에 우리 집 자랑을 하는 거예요."

"얘기 그만 하고 일찍 자라."

"네."

"용철아 자자."

"그래."

밤이 가고 날이 밝았다. 광수가 말했다.

"야, 일어나. 종소리 들린다."

용철이가 기지개를 켜며 중얼거렸다.

"음, 벌써 밝았나."

광수가 서둘렀다.

"세수해야지."

용철이도 서둘렀다.

"빨리 나와."

광수가 더듬거리며 물었다.

"그래 지금 간다. 그런데 신발이 어디 있지?"

"응, 신발 여기 있어. 자, 손잡고 어서 가자."

광수가 물었다.

"우물이니?"

"응 내가 퍼주지. 여기서 씻어."

한 고아원에 있는 용철이는 광수를 친절하게 대해 주었다. 그러나 다른 아이들은 장님이라고 놀아주지 않았다.

고아원에서는 매일 아침저녁 성경 공부를 했다. 그리고 신체 불구자를 위로해 주고 일을 도와주며 동생들은 형들 말을 잘 따르고 형들은 어린 동생들을 잘 도와주라고 배운다.

아침 예배 때는 찬송하고 기도도 했다. 선생님이 말했다.

"오늘은 만길이가 기도해라."

이렇게 기도는 돌아가며 하고 성경공부를 시작했다.

"오늘은 하나님 말씀을 배웁니다. 성경말씀 요한복음

3장 16절 '하나님이 세상을 이처럼 사랑하사 독생자를 주셨으니 누구든지 저를 믿으면 영생을 얻으리라.' 이 성경 말씀은 하나님은 우리들을 사랑하기 때문에 악한 세상에서 여러분과 같이 불쌍한 사람들을 구원하시려고 독생자 예수님을 보내주셨어요."

아이들은 귀를 기울이고 들었다. 선생님은 이렇게 말씀했다.

"예수님은 많은 병자를 고쳐 주셨어요. 그리고 여러분

과 같은 어린이를 특히 사랑하셨어요. 그러니까 우리는 하나님을 잘 믿어야 하겠지요? 우리가 하나님을 믿는 것은 기도와 찬송만 하는 것이 아니라 우리도 남을 도와주고 서로 사랑해야 해요, 알았지요?"

선생님은 이렇게 물었다.

"싸우고 욕하는 사람은 하나님 믿는 사람인가요?"

아이들은 한 목소리로 대답했다.

"아니에요. 우리들은 욕하지 않고 싸우지 않아야 합니다."

이렇게 좋은 말씀을 가르치고 서로 사랑하고 싸우지 않는 사람이 되어야 한다고 가르치심으로 아이들은 선생님 말씀대로 서로 돕고 사랑하며 싸우지 않고 정답게 지내고 있었다.

광수도 공부하는 재미를 붙여 날마다 즐겁게 보냈다. 그렇게 어느덧 고아원에 들어온 지도 6개월이 지났다. 다른 아이들이 학교에 가고 아무도 없으면 혼자 기둥을 붙잡고 찬송을 불렀다. 그 모양은 처량하고 구슬펐다.

다른 아이들이 학교 가는 것이 굴뚝같이 부러웠다.

"아아! 나도 학교에 가보았으면!"

아이들은 학교에서 돌아오면 다 같이 시장으로 톱밥을 가지러 갔다.

"얘들아, 오늘 톱밥을 사와야 밥해 먹는다."

용철이 말했다.

"예? 톱밥이 없어요? 그럼 갔다 와야지요. 얘들아 톱밥 사러 가자!"

이때 광수가 말했다.

"용철아, 나도 가도 돼?"

"넌 안 해도 돼."

"괜찮아, 집에만 있으면 답답하고 심심해."

"그래? 그럼 구루마에 타."

"또 구루마야?"

"그래 빨리 타. 이제 막 달릴 거야. 그냥은 못 쫓아오니까."

"그래."

"자, 달린다."

구루마가 큰길로 달렸다. 광수는 무서워서 어쩔 수 없이 타고 쩔쩔맸다. 자동차가 지나갈 땐 눈썹이 올라가고 주름살이 잡혔다.

광수가 말했다.

"얘들아, 천천히 가자."

"광수야, 그렇게 무서우냐?"

용철이가 다른 애들을 향해 말했다.

"얘들아, 다 타라."

"그래?"

아이들이 다 올라타자 용철이 구루마를 끌고 신나게 달렸다.

"야호, 잘잘 달린다. 야호!"

아이들은 겁도 없이 신이 나서 노래까지 불렀다.

"자, 우리 노래 부르자!"

"그래, 뭐 부를까?"

"응, 그거 하자. 광야를 달려가는 말……."

아이들은 그 말이 끝나기도 전에 광야를 달려가는 노래를 불렀다. 구루마는 덜컹덜컹 흔들리고 아이들 노래 소리가 거리를 누볐다.

길 가던 사람들이 발걸음을 멈추고 바라보았다. 그렇게 하여 시장에서 톱밥을 사다 구루마에 실었다. 그리고 용철이가 말했다.

"다 실었으니 광수만 이 위에 타라."

광수가 받아 말했다.

"싫어, 나도 뒤에서 구루마 밀 거야."

"그래? 그럼 됐어. 가자!"

광수가 같이 밀어주니 다른 날보다 훨씬 힘이 덜 들었다. 비탈을 올라가며 말했다.

"야! 오늘은 이 고개를 한숨에 거뜬히 올라왔다."

"오늘은 광수 때문에 쉬웠어."

광수는 부끄러운 소리로 말했다.

"뭐가 나 때문이야. 다 같이 힘써서 그렇지."

"다른 날보다 훨씬 거뜬했어."

"뭘."

"가자. 영차 영차."

구루마는 덜커덩거리며 집으로 향했다. 다른 날보다 일찍 돌아왔다.

"자, 집에 다 왔다."

"아주머니, 부엌문 열어요."

"그래, 나간다. 빨리도 왔다."

"빨리 열어요. 오늘은 광수 때문에 일찍 왔어요."

"그래 잘들 했다. 광수도 다녀왔다고?"

광수가 자랑스럽게 말했다.

"그럼요, 나라고 못할 것 같아요."

"엇! 저 머리 좀 봐, 하하하하."

톱밥 가루가 날려 광수 머리에 덮였다. 광수는 부끄러워서 얼굴을 붉혔다.

"뭐라고요? 아니, 톱밥이 내 머리에?"

"그래, 광수는 멋진 일꾼이야. 내가 머리 털어줄게. 옷에도 묻었어."

그렇게 세월이 흘러 광수가 12세가 되었다. 이제 광수는 어린 아이들을 돌보아 주기도 했다. 아이들이 싸우면 말려주고 좋은 말로 타이르기도 했다.

날마다 집안 청소도 하고 아이들한테 좋은 이야기도 해 주었다. 이제는 장님이라고 얕볼 수 없을 정도로 뭐든지 하고 머리도 좋았다. 광수가 집안을 깨끗이 해 놓고 있으면 학교 갔다 돌아온 아이들이 이렇게 말했다.

"광수형, 청소도 잘해 놓았네."

그 소리를 들은 다른 애들이 찾아와 보고 감동했다.

"와! 잘했다."

광수는 앞을 못 보기 때문에 손으로 더듬어 보고 발로 문질러 보아 청소를 했다. 아이들은 방을 둘러보며 말했다.

"여기 좀 봐. 먼지가 낀 것까지 다 닦았어. 이건 눈 뜨고도 못할 거야."

광수는 모래 한 알도 손으로 잡아내었다. 그렇게 하여 집안이 깨끗했다. 그런데 광수한테는 한 가지 걱정이 있었다. 동생 광철이가 아이들과 욕하고 싸움질을 하다가 밖으로 나가기도 하는 것이었다.

그래서 저녁 예배를 마치고 원장 할머니가 광철이를 부르셨다.

"광철아 이리 와. 너 왜 말을 안 듣니? 너의 형을 봐서라도 말을 잘 들어야지. 다음부터는 싸움질 하면 못써. 알았어?"

"네."

"그럼 가 봐."

광철이는 나와서 자기 방으로 갔다. 그때 광수가 더듬거리며 찾아왔다.

변한 동생

"광철이 있니?"

"응."

"너 할머니한테 꾸중 들었지?"

광수는 가만히 고개를 숙이고 있었다.

"넌 왜 매일 아이들과 쌈하고 욕을 하니? 다른 애들 봐라. 욕도 안 하고 싸우지도 않잖아. 넌 그게 뭐야?"

광철이 갑자기 벌떡 일어서서 항의했다.

"왜 나만 가지고 그러는 거야? 좋아, 괄시해도 좋다구."

"내가 너만 가지고 그랬냐?"

광수는 일어나서 동생 등짝을 갈겼다. 광수가 발끈했다.

"왜 때려?"

"내가 오죽하면 널 때리겠니."

광철이 성난 소리를 질렀다.

"좋아, 씨발 내가 여기 없으면 갈 데가 없는 줄 알아?"

광수는 듣다못해 또 한 번 동생을 때리며 말했다.

"그게 어디서 배운 말버릇이냐? 말이면 다 하는 줄 알아? 에잇 죽일 놈."

"왜 때려? 나 여기서 나갈 테야."

광철이 문을 박차고 뛰쳐나갔다. 광수는 그 자리에 주저앉아 울음을 터뜨렸다.

"아아, <u>으으으으</u> 우우. 이놈아, 어딜 가려고 그러냐?"

그때 문밖에서 부르는 소리가 들렸다.

"광수형!"

광수는 눈물을 흠치고 대답했다.

"왜 그러니?"

"청소 다 했어?"

"응, 이제 들어와."

용철이 깨끗한 방을 둘러보고 말했다.

"오, 아이 좋아라."

용철이 심부름 갔다 돌아오다가 길에서 광철이가 도망가는 것을 보았다면서 불렀다.

"광수형!"

"어, 왜 그래?"

"아, 글쎄 내가 심부름을 갔다 오는 길에서 광철이를 만났거든."

광수가 얼굴을 들고 물었다.

"그랬어?"

용철이 바로 전의 이야기를 했다.

"내가 어? 저건 광철이가 아닌가? 하고 광철아 어디가? 하자 광철이 주춤하다가 그대로 도망쳤어. 야! 광철아, 어딜 가냐고?"

그렇게 부르다가 달아나는 광철이를 본 용철이는 광철이가 무슨 잘못을 해서 도망을 칠까? 궁금했었다.

광수가 물었다.

"그래서 어떻게 했니?"

"그래서 광수야 하고 불렀더니 아무 말도 않고 막 달

아니잖아. 그래서 잡지 못하고 그냥 돌아오는 길이야."

광수는 한숨을 쉬면서 수심에 찬 얼굴이 되었다. 그것을 본 만식이가 물었다.

"광철이가 왜 어디를 가는 거야?"

광수는 한참 동안 말을 안 하다가 입을 열었다.

"아, 그 애가 이 집을 나갔다."

만식이 물었다.

"아니! 나가다니 어디로 나간 거야?"

"글쎄 말이다."

"형, 왜 나가게 했어?"

"나하고 다투었어."

"형하고 다투다니, 그랬다고 나가? 왜 다투었어, 형."

"아아, 이젠 더 묻지 마."

광수는 묻지 말라며 머리를 저었다. 만식이 알았다고 자리를 뜨며 말했다.

"일단 할머니한테 갔다 올게."

"할머니한테는 왜?"

"심부름을 갔다 왔으니께 보고를 해야지."

"그래? 그럼 가 봐."

그 후 광수는 입을 꼭 다물고 한동안 말을 하지 않았다. 아이들은 광수를 위로하며 기분을 맞추어 주려고 애들을 썼다.

"광수 형, 왜 그렇게 가만히 있어?"

"광수 형, 우리 찬송가 불러 응?"

"야, 우리 모두 찬송가 부르자."

"그래, 뭘 부를까?"

"아 그 찬송 보르자. 나의 기쁨 나의 소망되시며 나의 생명이 되신 주."

"좋다 좋아."

광수는 한동안 눈물을 흘리며 찬송가를 부르다가 웃는 얼굴이 되어 찬송가를 크게 불렀다. 그리고 모든 것을 잊고 찬송가를 열심히 불렀다. 아이들이 돌아간 뒤에도 기둥을 붙들고 서서 찬송가를 불렀다.

아이들은 그것을 보고 속삭였다.

"광수 형은 찬송가가 그렇게 좋은가 봐."

그 다음에도 광수는 찬송가만 불렀다. 다른 아이들도 말했다.

"나도 찬송가가 제일 좋다."

그렇게 1년이 지나갔다. 그래도 광철이 소식이 없었다. 그런데 하루는 용철이가 학교에서 돌아오는 길에 광철이를 만났다.

"야, 광철아 이리 와 봐."

광철이 말했다.

"너 오래간 만이다."

"그래, 너 고생 심하지? 구두닦이 하니?"

"응."

"이제 한번 맘을 다시 먹고 돌아와 사정을 해봐. 응? 지금 나하고 같이 가자."

"싫어, 지금 가면 혼나."

"왜 혼나. 맘을 다시 고쳐먹고 오는데. 혼나도 한 번 혼나지 두 번 혼나니? 지금 같이 가자. 내가 말씀 잘 드릴게. 응?"

"싫어!"

"너 지금 어디 있니?"

"굴다리 밑에 있어."

"그 굴다리 밑에?"

"응, 거기."

"오늘 가서 다시 생각해 봐. 그럼 나 바빠서 그냥 간다. 꼭 생각해 봐."

"응."

용철이는 즉시 광수한테 달려갔다.

"광수야!"

"왜 그래?"

"넌 왜 그렇게 시무룩하니? 오늘 기쁜 소식 가지고 왔는데."

"나한테 기쁜 소식이라니?"

"왜 귀가 번쩍 띄어?"

용철이가 말해 주었다.

"아까 학교에서 오늘 길에 광철이를 만났어."

"뭐라고 정말이야?"

광수 얼굴에 활기가 돌았다.

"그 말 정말이지?"

"내가 언제 거짓말 했나. 듣기 싫으면 그만 둬."

"아니야, 용철아 자세히 말해 줘."

"그럼 잘 들어 봐. 학교에서 돌아오는데 누가 '구두 닦세 구두 닦세' 하면서 오지 않겠어. 그런데 그 애가 가까이 오는데 보니 광철이였어. 내가 가까이 가서 야, 광철아 하고 불렀더니 깜짝 놀라면서 나를 쳐다보았어. 그리고 낯을 붉히며 수줍게 말했어."

광수가 긴장하여 다음 말을 기다렸다. 용철이가 이야기를 계속했다.

"광철이가 오래간 만이다, 하기에 그래 너 지금 어디 있니? 하고 물어보았더니 굴다리 밑에. 했어."

거기까지 듣고 광수가 말했다.

"용철아, 내일 저녁에 나하고 한번 같이 가 보자."

"그래."

광수는 밤새도록 자지 못하고 뜬눈으로 밤을 새웠다. 그리고 다음 날 용철이 학교에 다녀와서 광수를 찾아왔다.

"광수야, 가자."

"그래."

둘이 찾아갔다.

"광수야, 여기 서서 한번 불러보자."

"그래."

"우리 똑같이 불러보자. 광철아아아!"

용철이 급하게 말했다.

"광수야, 저기 온다."

"그래?"

광수는 가슴이 벅찼다. 광철이 다가와 말했다.

"형, 잘 있었어?"

"그래, 나보다 네가 고생했지? 얼마나 고생했니?"

"지난번에 내가 잘못 했어. 형."

"아니야, 내가 잘못 했다. 광철아, 이제 돌아가서 할머니한테 사과드리자."

"응."

"가자, 가자."

광수가 동생 손을 잡고 말했다.

"광철아, 할머니가 꾸중하셔도 참고 잘못했습니다, 하

고 고치자."

"응."

"또 말인데 성경에도 있잖아, 참는 자에게 복이 있나니 하는 말씀 말이야."

드디어 집까지 왔다. 광철이가 오는 것을 본 아이들이 반기며 야단이었다.

"야아, 광철일가 온다."

"광철아, 오랜 만이다."

"그래."

아이들이 와아 하고 몰려오자 광철이가 미안하고 부끄러운 듯이 고개를 숙이고 말했다.

"아, 그 전에 내가 너희들을 못살게 굴었는데 그래도 나를 반겨주는구나."

한 아이가 말했다.

"이 바보야, 뭘 그렇게 부끄러워 하니?"

광철이 원장 할머니한테 갔다.

"할머니 광철이 왔어요."

할머니가 반가워했다.

"뭐라고? 광철이가 왔다고?"

"네."

"어서 들어와."

"할머니 안녕하셨어요?"

"오냐, 그래 얼마나 고생을 했느냐?"

"할머니 용서해 주세요."

"알았다. 너는 형을 생각해서라도 용서해야지. 이제부터는 나쁜 일 하지 말고 착하게 살아야 한다. 알겠지?"

"네. 이제부터는 안 그럴게요."

광철이는 고개를 깊이 숙였다.

"암, 그래야지. 형을 생각해서라도 형이 야단을 치더라도 내가 무슨 잘못을 했나 생각하고 반성하고 착한 생각을 하고 잘못한 것은 용서를 빌고 살아야 한다, 알았지?"

"네."

"그럼 이제 형 따라 가 봐."

광수가 자기 방으로 돌아가며 말했다.

"그것 봐, 할머니가 너를 용서해 주시지 않았어."

광철이 형한테 빌었다.

"형, 나 없을 때 외로웠지?"

"나는 괜찮았어. 네가 얼마나 고생하고 외로울까 걱정
했어. 나는 아이들이 잘 따라 주고 잘해 주어서 잘 지냈
어."

"형, 나 큰 문제가 하나 있는데 어떡하지?"

"뭔데?"

"딱 하나 있어. 그건 안 할 수가 없어."

"딱 하나라니 무엇인지 말해 봐."

"나……. 하나."

"뭔지 빨리 말해 봐."

비밀 담배 피우기

"나, 담배 피워."

그러면서 광철이 고개를 숙였다. 광수는 깜짝 놀랐다. 화가 났지만 동생과 또 헤어지고 싶지 않아서 꾹 참고 말했다.

"뭐어? 담배를?"

"응."

광철이 고개를 숙이고 있어 침착하게 말했다.

"광철아, 담배는 피지 말어. 말해 봐."

광철이는 대답을 하지 않았다.

"왜 가만히 있니?"

"안 돼. 안 피우면 못살아."

광수가 실망하여 얼굴이 어두워졌다.

"아아, 아주 중독된 것 같구나. 언제부터 피기 시작했니? 할머니는 담배 피는 것을 가장 싫어하시는데."

"그래도 할 수 없어. 나는 어떻든지 피워야 하니까."

"광철아, 정히 그렇다면 할 수 없다. 만약 핀다면 변소
같은 데 가서 몰래 피워라."

"응."

그때 종소리가 났다.

'땡, 땡, 땡, 땡.'

"광수야 밥 먹는 종이다."

용철이가 광철이한테도 소리쳤다.

"광철아 광철아!"

광철이 대답을 안 했다. 아마 오래간만에 만나서 그런가

보다고 생각하고 아이들이 다시 한 번 불렀다.

"광수야 광철아!"

광철이 말했다.

"형, 불러. 가 봐."

"그래, 가자."

광수가 오는 것을 보고 아이들이 물었다.

"광철이 귀먹었냐?"

"미안해."

아이들이 하하하 웃으며 말했다.

"뭐가 미안해. 빨리 들어가 밥이나 먹자."

귀대한 아버지

이때 광수 아버지가 군대에 나갔다가 돌아왔다. 집에 돌아와 보니 아무도 없고 휑하니 썰렁했다.

"광철이 어미는 어디 간 거야?"

그러면서 광철이를 맡긴 누이 집을 찾아가 불렀다.

"여보세요, 뉘 계신가요?"

누군가 안에서 나오는 발소리가 들렸다.

"아니, 누구신가요?"

"아! 누님."

"누구신데 나 보고 누님이라고 하슈?"

그렇게 묻다가 알아보고 말했다.

"아아니, 너로구나. 어서 들어와라."

"네, 누님."

"그래, 제대를 한 거야?"

그는 궁금한 것 먼저 물었다.

"네. 그런데 광수 어미는?"

"응, 광철이 어멈?"

"예."

"아이구, 얘 말 말아라."

"왜요?"

"너 군인 가고 며칠 못 가서 세상을 떠났지 뭐냐!"

광수 아버지는 눈을 휘둥그렇게 뜨고 놀라워했다.

"네? 세상을 떠났다고요? 그럼 자식들은 다 어디로 갔나요? 말씀해 주세요."

"걔들 뿔뿔이 헤어졌단다."

"네? 아아! 망했구나. 눈먼 광수는 어디로 갔을까요. 광수 엄마도 내가 너무 심하게 하여 죽었구나……."

광수 아버지는 모든 것을 알았다. 그러나 이미 때가 늦었으니 어찌할 것인가. 광수 아버지는 당장 머물 곳이 없어서 당분간 누님 집에서 신세를 지기로 했다.

"여보게, 동생 언제까지 이렇게 머물 생각인가?"

"내가 나가기를 바라는군요. 한동안 일 시켜먹으면 되지 않아요?"

"난 다 귀찮아. 일 시켜먹을 사람이 없어서 그러나 못 살게 구는 것이 더 귀찮아."

"그러시면 나갈게요."

"허어, 그렇게 잘해 봐."

그러고도 며칠을 머물렀다. 하루는 누나가 말했다.

"광수 아범, 밥 먹어."

"네."

"그럼 거기서 먹어. 우리는 들어가서 먹을게."

방으로 들어가지 못한 광수 아버지는 마루에서 밥을 먹으며 생각했다.

'어디 두고 보자. 하루 종일 일 시켜 먹고 나를 개 취급하다니. 남도 아닌 누나가 이럴 수가 있나. 아아, 다 내 지은 죄가 너무 많다.'

그렇게 생각하며 앞 못 보는 광수가 생각났다.

'나는 앞 못 보는 광수보다 얼마나 행복한가. 내가 이렇게 지낼 것이 아니다. 서울로 올라가 장사라도 하며 자식을 찾아야 한다.'

생각을 굳힌 다음 누나한테 말했다.

"나 여기서 떠나겠어요."

"왜?"

"여기서 이럴 것이 아니라 어디든 가서 아들을 찾고 장사라도 해서 다시 가정을 가져 보려고요."

"잘 생각했어. 그럼 지금?"

"당장 떠나겠어요. 안녕히 계세요. 그 동안 신세 많이 졌어요."

"그래, 잘 가 봐."

광수 아버지가 떠나 사라지자 광수 고모 부부는 이렇게 말했다

"여보, 그 봐요. 나가지."

"이 넓은 세상에 애들이 어디 있는 줄 알고 찾겠다는 거야. 병신이야 병신."

"그러게 말이우."

광수 아버지는 서울로 왔다. 막상 뭘 하려고 보니 뜻대로 되지 않았다. 그러다 생각해 냈다.

형제의 비밀

'옳지 지게를 하나 사서 강냉이 장사를 해보아야겠다.'

그리고 그날부터 시작한 것이 강냉이 장사였다.

한편 고아원의 형제는 이랬다.

광철이 말했다.

"형, 오늘 또 변소 뒤에 가서 담배 피워."

"그래."

둘이 그리로 가서 담배를 피웠다.

"푸휴우!"

"형도 곧잘 피는데!"

"광철아, 내 코에서 연기가 나오나 봐. 후우!"

"아주 코로 잘 나오는데."

"어때 멋있지?"

"아주 곧잘 피는걸!"

광수도 이제 동생의 물이 들어 담배를 피게 되었다. 그렇게 보름이 지내던 어느 달 밝은 밤이었다. 할머니 원장님이 밖으로 나오며 말했다.

"달이 밝고 좋구나. 나가서 달구경이나 해야겠다."

그러면서 밖으로 나와 변소 옆을 지나는데 무슨 소리가 났다.

'어? 이게 무슨 소리야? 가만히 있어 보자. 저건 담뱃불이 아닌가? 누군가 알아보자.'

원장 할머니는 숨어서 지켜보고 있었다. 바로 그때 광수가 담배를 입에 물고 쭉 빨았다. 그 순간 담뱃불이 얼굴을 환하게 비쳤다. 그것을 본 원장 할머니는 뜻밖이라 크게 놀랐다.

"아니! 저건 광수가 아닌가?"

이때 광수가 하는 소리가 들렸다.

"광철아, 담배를 피우니깐 슬픔이 사라진다."

"그래 형, 담배는 속상할 때 피면 더 좋아, 그렇지?"

놀란 할머니가 탄식을 했다.

"아아, 버렸구나. 나가더니 담배를 배웠구나."

원장 할머니는 조용히 방으로 들어가 기도를 하셨다.

"주여, 저 불쌍한 형제를 보호하여 주시옵소서."

그 이튿날 원장 할머니는 광철이와 광수를 불렀다. 그리고 밖에다 소리쳤다.

"얘들아 밖에 누가 없느냐?"

그리고 두 아이에게 말했다.

"광수 광철이 가까이 앉아라."

"왜 부르셨어요, 할머니."

"내가 묻는 말에 양심껏 대답해라."

"네에?"

"너희 요새 담배 피지?"

광수와 광철이 얼굴이 새빨개져 머리를 푹 숙였다.

"왜 대답을 못하느냐? 말해 응?"

광수가 솔직히 말했다.

"네, 담배 피웠어요."

"음음,"

"할머니, 이제 안 피겠어요."

"그래 이제부터는 피지 마라. 만약 또 피면 이 집에서 나가야 된다."

"네, 다시는 안 피겠어요."

"알았어. 이제 다음부터는 주의해. 알겠어?"

"네."

"그럼 가 봐."

"네."

광수는 후회했다.

"아, 내가 잊었었구나. 이제부터는 피지 말아야지."

밖으로 나온 광철이가 물었다.

"형, 할머니가 어떻게 아셨지?"

"광철아, 이제부터는 정말 담배 피지 말자. 응?"

"안 돼, 난 안 피면 밥 한 끼 굶는 것보다 못해."

"그럼 어떡해. 피다가 또 들키면 쫓겨나는 거야."

"그래도 나는 할 수 없어."

광수는 화가 치밀어 광철이를 주먹으로 쥐어박았다.

"에잇, 돌대가리."

"형, 왜 또 갈겨? 씨발."

광철이 밖으로 뛰쳐나갔다. 그때 수길이가 오다 광철이 나가는 것을 보았다.

"씨발, 나 여기서 안 살아."

수길이 물었다.

"어어? 광철이가 왜 울고 나오지? 야, 광철아 왜 그래?"

광철이는 들은 체 만 체 투덜거리며 나갔다.

"잉잉! 여기만 집이야? 씨발."

"야, 광철아 어디 가니?"

수길이 대문 밖까지 따라가며 불렀다.

"광철아, 광철아!"

광철이를 따라가던 수길이 광수 곁으로 가서 물었다.

"광수야, 광철이 왜 그래?"

광수가 모질게 대답했다.

"버려 둬. 저런 건 내 동생이 아니야."

"그럼 광철이가 또 나간 거야?"

광수가 포기한 소리를 했다.

"그래, 더 이상 묻지 마."

수길이 위로의 말을 했다.

"광수야, 섭섭히 생각 마. 우리가 있잖아."

"그래 고마워. 그러나 나하고 고생하던 생각을 하면……."

"광수야, 그런 생각 한이 있니? 동생은 이미 나간 것이니 단념해. 그리고 걔는 먼저처럼 돌아올 거야."

광수는 다른 걱정을 했다.

"요번에 또 할머니한테 어떻게 말씀드리니? 그런 거

아시면 많이 섭섭해 하실 거야. 접때 나갈 때도 나한테 얼마나 경고하셨는데 이번에 또 이렇게 되었으니 무슨 낯짝으로 얼굴을 들겠니. 아니 내가 맘이 약하기 때문이야."

그때 용철이가 밖에서 불렀다.

"광수야!"

수길이 말했다.

"광수야, 용철이가 부른다."

용철이 또 불렀다.

"광수야!"

수길이 말했다.

"저것 봐. 용철이가 광철이를 봤나 봐."

그러면서 수길이가 대답했다.

"그래, 왜 그러는데?"

용철이 말했다.

"아니, 잠들을 자나. 왜 대답이 없어?"

이때 광수가 대답했다.

"미안해, 얘기하느라고 정신이 없어서 못 들었어."

용철이 서둘렀다.

"그럼 우리 빨리 잔디 뜨러 가자."

수길이 말을 막았다.

"용철아, 너 아직 꽁꽁 무소식이구나."

광수가 말을 가로막았다.

"수길아, 그 말 꺼내지 마."

용철이가 물었다.

"아니 괜찮아, 그 말이 뭔데?"

수길이 대답했다.

"광수는 지금 광철이와……."

용철이가 궁금하여 물었다.

"수길아, 말해 봐 뭔데? "

수길이 광수한테 말했다.

"아무 때든 알게 될 텐데 아예 속 시원히 말해주자."

용철이 다그쳤다.

"수길아, 빨리 말해 봐."

수길이 대답했다.

"광철이 또 나갔어."

용철이 놀란 듯 물었다.

"뭐? 또 나가? 아니 왜?"

"누가 아니래."

용철이가 광수를 보고 말했다.

"광철이 또 암흑으로 뛰어들었구나. 그럼 광수야, 너는 그만 두어. 우리끼리 갔다가 올 테니."

광수가 단호히 대답했다.

"아니야, 나도 갈 테야, 같이 가."

"왜?"

수길이 말했다.

"광수야, 그만 둬. 우리끼리 다녀올 테니."

광수는 단호했다.

"정말야, 나도 이제 잊을 거 다 잊고, 이기려고 가려는 거야."

"정말 그럼."

"그럼 이제 모든 것 다 잊어버리고 새로운 기분으로 우리 웃으며 살자."

용철이 힘차게 말했다.

"자, 그럼 가자!"

수길이도 말했다.

"자, 광수야아!"

광수도 큰소리로 말했다.

"용철아, 요번에 행길로 맘껏 달려 봐."

"그래, 지금부터 우리 역마차는 달린다."

수길이 놀리는 소리로 말했다.

"이리야, 낄낄!"

용철이 대꾸했다.

"아니, 내가 역마차라니깐 내가 말인 줄 아니?"

수길이 재미있다는 듯 웃으며 말했다.

"그럼 니가 역마차 앞에서 끄니깐 말이 아니냐?"

용철이 말했다.

"좋다, 지금은 내가 말이다. 우으 후후투투."

수길이 신나게 말했다.

"아니, 정말 네가 말소리까지 내는구나."

용철이 달리기 지작했다.

"아아 시원하다."

정말 시원했다. 구루마가 달리니 시원했다.

"자, 그럼 우리 노래하자."

"그래, 뭘 부를까?"

"카우보이."

"그래 좋다."

"시작! 카보이 아리조나 카보이."

"야, 가만. 우리 가사를 바꾸어 부르자."

"어떻게?"

"이렇게 하면 어때 잘 들어봐. 올프네지 보이 명신 올프네지 보이 올프네지 보이. 행길로 달려가는 명신 올프네지 보이. 말채찍을 말아들고 역마차는 달려간다. 저 길로 산으로 우리 화단에 잔디가 그리워 달려라. 용철아 명신 올프네지 보이."

수길이 팔을 벌리고 소리쳤다.

"아아, 최고 기분 최고!"

"자, 어때?"

광수도 한 마디 했다.

"자, 그럼 가사를 바꾸어서 시작! 올푸네지 보이 명신 올프네지 보이 행길로 달려가는……."

이렇게 광수도 모든 것을 잊고 흥겹게 어울렸다.

"다 왔다."

"어느새 다 왔어?"

"자, 그럼 잔디 뜯자. 으쌰 으쌰!"

수길이 광수한테 말했다.

"광수야, 이리 와. 이 잔디를 잡아당겨. 어서 둘둘 말아. 난 밑에 칠게 으라차차! 야아, 굉장히 많이 말아졌다."

용철이 말했다.

"자, 구루마에 싣자! 하나 둘 셋!"

수길이 말했다.

"이제 다 실었으니 저 그늘에서 쉬었다 가자."

용철이 말했다.

"자, 앉아."

광수가 한 마디.

"아유, 손이 아프다."

용철이 말을 받았다.

"광수는 손이 많이 아플 거다. 누구보다 힘을 제일 많이 썼잖아."

광수가 고개를 저었다.

"아니야, 정말 힘든 건 너희들이야. 용철이가 누구보다 힘들었을 거야. 집에서부터 여기까지 말 노릇을 했으니까."

용철이 어깨에 힘을 주며 말했다.

"뭘 그까짓 걸 가지고 아무것도 아니야."

광수가 한 마디 거들었다.

"정말 용철이가 제일 힘들었을 거야. 집에 갈 때는 수길이가 끌어라. 용철이는 나하고 뒤에서 밀자."

용철이 말했다.

"그럼 지금서부터 수길이가 끈다."

수길이 신나서 대답했다.

"그래 좋다. 내가 말이다."

용철이 말했다.

"자 가자."

수길이 앞을 내다보며 말했다.

"아이쿠, 저 고개를 넘어야 하다니. 땀이 한 사발은 나오겠다."

　광수와 용철이 힘을 썼다.

　"자, 밀자 힘껏 밀자, 영차, 영차."

　그렇게 하여 언덕을 올랐다. 용철이 말했다.

　"아아, 이제 다 왔다. 여기서 쉬었다 가자."

　"그래 쉬었다 가자."

맹인학교로

한편 고아원에서는 이런 일이 벌어지고 있었다.

"여기가 명신보육원이로구나. 한번 들어가 보자."

낯선 사람이 아이들한테 물었다.

"원장님은 어디 계시냐?"

"안에 계세요. 어디서 오셨나요?"

"학교에서 왔다."

"네? 그러시면 잠깐만 기다리세요."

아이는 원장 할머니를 찾아갔다.

"할머니."

"오냐, 왜 그러느냐?"

"어떤 손님이 오셨어요."

"어디서 오신 분이라더냐?"

"네, 학교에서 오셨대요."

"그래, 그럼 오시라고 해라."

손님이 원장 할머니한테 인사를 했다.

"원장님이세요?"

"네, 어디서 오셨나요? 그리 앉으시지요."

"네, 맹인학교에서 왔는데요."

"네? 맹인학교에서 어떻게 오셨나요?"

"13부대 대위가 그러는데 이 보육원에 맹인이 있다고 하시며 받아달라고 하시어서 왔습니다."

"네, 감사합니다. 여기까지 이렇게 오시느라 수고 많으셨습니다."

"별말씀을 다 하십니다. 그런데 그 맹인 아이를 지금 가는 길에 데려갔으면 합니다."

"그러세요."

원장 할머니가 아이들한테 일렀다.

"얘들아, 가서 광수 오라고 해라."

"할머니, 광수 지금 잔디 뜯으러 갔는데요."

"걔가 무슨 잔디를 뜯으러 갔어?"

"심심하다고 같이 뜯으러 갔어요."

"그럼 빨리 뛰어가서 광수 데리고 와라."

아이들이 말했다.

"네. 아아, 광수가 공부하게 됐다. 광수한테 가자."

"나도 간다. 나도"

아이들은 광수보다 더 기뻐했다. 그리고 아이들은 서둘러 광수한테 달려갔다.

"광수 오빠아."

광수가 놀라서 물었다.

"아니, 쟤네들이 웬일로 몰려오지?"

"무슨 일이 났나?"

"광수 오빠! 빨리 오래 기쁜 일이 생겼어."

"기쁜 일이라니? 뭐야 말해 봐."

"응, 광수 오빠 학교에서 데리러 왔어."

"어? 정말?"

아이들이 한 목소리로 반겼다.

"아아, 축하한다. 저 아이들 몰려오는 것 봐. 광수가 학교에 간다니 기뻐서 아이들이 몰려온다. 빨리 가자."

"광수야 마지막으로 구루마 타라."

"그만 둬."

"빨리 타. 마지막이야."

"그래, 마지막으로 탄다."

광수는 어쩔 줄 몰라 어리둥절했다.

한편 고아원에서는 초조하게 기다리는 할머니가 말했다.

"아니, 광수가 왜 여태까지 안 오느냐?"

"지금 저기 구루마 타고 와요."

할머니가 말했다.

"오는구나. 저 애들을 좀 봐요. 얼마나 위하는데요. 학교에 간다니까 광수보다 더 좋아하지 않아요."

원장 할머니가 광수를 불렀다.

"광수야 이리 와라. 너 오늘 이 선생님 따라 학교에 가게 되었다. 어서 갈 준비해라."

광수가 갈 준비를 하는데 아이들이 모두 달려들어 거들어 주고 말했다.

"광수야 가거든 공부 잘해라."

광수를 기다리던 손님이 말했다.

"자, 광수야 가자."

아이들이 인사를 했다.

"광수야 잘 가."

"광수 형 잘 가."

"광수 오빠 잘 가."

"그래 잘들 있어."

광수가 떠나자 아이들이 둘러서서 안 보일 때까지 손
을 저으며 소리쳤다.

"오빠, 잘 가아!"

광수는 아이들한테 인사도 제대로 못하고 떠났다.

쓰리꾼 세계

광철이는 그렇게 나가서 어느 쓰리꾼 무리에 끼게 되었다. 쓰리꾼 팀원이 말했다.

"야, 광철아 저기 간다 가."

"오 케이."

대답과 동시에 광철이 달려가 가방을 채트렸다.

"앗! 여보세요 저 쓰리꾼을 잡아주세요. 도둑이야!"

"광철아, 스트라이."

"오케이."

광철이는 다른 사람한테 가방을 던지고 옆 골목으로 구부러져 변장하고 막 따라오는 사람을 구경하고 있었다.

아줌마가 낙심하여 소리쳤다.

"앗! 벌써 사라졌다. 이 일을 어쩌면 좋아."

악당 쓰리꾼들은 두목과 어울려 시시덕거렸다.

"으흐흐 이히히."

두목이 한 마디 했다.

"오늘 수고들 했다. 그런데 광철이는 왜 안 들어오지?"

두목이 묻는 순간 광철이 오고 있는 것을 본 부하가 말했다.

"아아, 저기 오고 있네요."

두목이 기분 좋은 얼굴로 말했다.

"오, 광철이 오늘 수고했다. 자, 받아라 이거 수고 값이다. 이걸로 식사하고 나머지는 담배 사고."

그러다가 광철이를 또 불렀다.

"광철이 이리 와. 오늘 나하고 같이 담배 한 대 피자. 앞으로 너는 호강할 거야."

"두목님 이런 것쯤은 문제없습니다."

"좋아 좋아, 하하하하."

두목은 너털웃음을 웃었다.

바로 이 날 광철 아버지는 이것저것 하다가 강냉이 장사를 하고 있었다.

"아아, 우리 강냉이 좀 먹자."

"그래, 오늘은 기분 좋은데 많이 팔아 주자."

"야, 광철아 아저씨 불러라."

광철이 강냉이 장수한테 가서 말했다.

"아저씨 이리 오세요. 강냉이 300원어치 주세요."

"네, 드리지요."

그러면서 강냉이 장수가 둘러보며 말했다.

"여봐, 모두들 모자 벗어 들어. 강냉이를 모자에 담아 줄게."

"네, 네, 네."

광철 아버지는 듬뿍듬뿍 주면서 말했다.

"자 받아요."

"고맙습니다."

광철이 아버지는 자기 자식이 이렇게 강냉이를 사가는 줄도 모르고 날마다 지게에 강냉이를 지고 다니며 아들을 찾았다. 그렇게 강냉이 장사를 하고 다니기를 어느덧 8년이 지났다.

광수 아버지는 늙어서 기력도 떨어졌다. 얼굴엔 주름이 깊게 파이고 덥수룩한 수염이 누가 봐도 모를 만큼 딴 사람이 되었다.

8년 사이에 광철이는 쓰리꾼 주목이 되었고 공부하러 간 광수는 신학교를 마치고 졸업식을 하게 되었다. 같이 자란 친구들도 다 어른이 되었다. 고아원 친구들이 광수의 졸업을 축하해 주었다.

"축하한다. 광수."

"고마워 용철이. 여기까지 와서 축하해 주니 고마워."

"친구 졸업식인데 당연히 와야지."

"하여튼 고맙다."

용철이 말했다.

"그리고 원장 할머님도 오셨어."

광수는 반가워하면서 할머니를 찾았다.

"그래? 어디 계시냐?"

"자, 옛날 손잡고 한번 뛰어 보자. 할머님이 바로 여기 계시다."

할머니가 반겼다.

"오, 광수냐?"

"네, 할머니. 안녕하셨어요?"

"공부하느라고 얼마나 고생했느냐?"

"할머니 은혜로 이렇게 기쁜 날을 맞았습니다."

"내 사업 목적은 바로 너 같은 사람을 만드는 게 내 사명이야."

광수가 겸손히 말했다.

"할머니 고마워요. 할머님이 아니시었으면 저는 이미 이 세상 사람이 아니었을 거예요."

"하여튼 너는 장하다. 아이들의 장래를 생각하여 일해 온 내 인생도 보람을 느낀다. 지금도 원에는 어린 아이들이 남아 있다."

할머니는 또 이렇게 말했다.

"나는 안심이 된다. 용철이는 내 뒤를 이어 원장이 되고 너는 목사가 된다. 나는 튼튼하다."

그때 어떤 여자가 달려오며 불렀다.

"할머님!"

"오, 그래 왜 이제야 오니?"

여자가 대답했다.

"버스를 타고 오는데 펑크가 나서 이렇게 늦었어요."

"그랬구나. 난 바빠서 이제 가 보아야겠다."

"네, 그럼 나중에 가겠어요."

용철이도 말했다.

"광수, 나 내 친구 결혼식이 있어서 먼저 갈게. 천천히 들어와."

광수는 벌떡 일어서며 불렀다.

"야, 용철아 같이 가!"

"안 돼, 난 바빠서 달려가야 해. 나중에 천천히 와."

용철이가 급히 달려가서 광수는 따라갈 수가 없었다.

"광수씨."

지숙이 가느다란 목소리로 가슴에 품고 있던 마음을 고백했다.

"광수씨를 그동안 저는 사모했어요."

광수는 그 말에 펄쩍 뛰었다.

"아니, 지숙이. 나 같은 병신을 사랑……."

"아니에요. 저는 어렸을 적부터 광수씨를 좋아했고 사

랑했어요. 저는 앞으로 광수씨 일이라면 무엇이든지 힘 닿는 데까지 하겠어요."

"아, 지숙이."

"광수씨."

"지숙이 고마워."

"저는 이미 각오했어요. 광수씨가 하는 일이라면 무엇이든지 하고 전도도 열심히 하겠어요."

"지숙이 정말 고마워."

광수는 뜻밖에 당한 일이라 당황했지만 행복했다. 두 사람은 언약을 하고 사랑을 약속했다.

그 후 광수는 목사가 되었고 아버지는 늙어 기력이 없어서 강냉이 장사도 하지 못했다. 돈이 없으니 이제 깡통을 들고 다니며 구걸을 하는 신세가 되었다. 어느 음식점에 들어가 구걸을 했다.

"여보세요, 밥 좀 주세요."

주인 여자가 쏘아붙였다.

"아니, 장사가 안 된다고 야단들인데 밥이 어디 있어?"

"배가 너무 고파 그렇습니다."

"아니, 없다고 하면 없는 줄 알아야지 무슨 떼거리야. 빨리 나가지 못해? 애야, 저 문 닫아라."

"아주머니 아주 조금만 주세요."

그러다가 광수 아버지는 그냥 돌아섰다. 그는 오른손에 지팡이를 짚고 왼손에 깡통을 든 채 부들부들 떨며 걸었다. 얼굴엔 눈물이 흐르고 옷은 다 해진 걸레를 걸친 불쌍한 거지가 바로 광수 아버지였다.

그런가 하면 광철이는 쓰리꾼 왕초가 되어 이 거리 저 거리를 누비며 사람들을 털며 울리고 다녔다. 그러면서도 앞 못 보는 장님을 만나면 형을 생각했다.

'아, 그 할머니가 나를 그렇게 꾸중하실 때 내 죄를 사과하고 살았으면 지금 이 꼴은 되지 않았을 텐데……. 나는 이리 버림받은 인생이 되었구나.'

장님 형을 생각하며 광수는 눈물을 흘리고 후회도 했다. 그러다가도 부하들을 향하여 호령을 했다.

"야, 이놈들 오늘도 아무것이나 해 오지 않으면 저녁은 굶는 거다. 알았나?"

"네."

무서운 두목 앞에서 쓰리꾼들은 꼼짝 못했다. 그래서 무슨 짓이든지 해야 굶지 않는다. 그뿐 아니라 지하실에 갇힐 형편이다. 쓰리꾼들은 시장으로 달려 나가 흩어져서 돈을 훔쳐가지고 돌아왔다.

"두목, 보고합니다."

"오, 벌써 왔느냐?"

"네."

"좋다 말해 봐라."

"우리 분대는 금반지 세 개, 시계 세 개를 해왔습니다."

"그래 좋아, 자 식사표."

"넷!"

이렇게 광철이는 어마어마한 쓰리꾼 두목이 되었다.

장님 목사

한편 광수는 결혼식 날이 돌아왔다. 결혼식은 교회에서 했다. 바로 그 날 광철이는 경찰에 쫓기는 몸이 되었다. 쫓기다가 교회 앞을 지나게 되었다.

"야, 저 도둑 잡아라!"

광철이는 달아날 길을 찾았다. 마침 예배당에 많은 축하객들이 있어서 그 사람들 사이를 뚫고 들어가 숨었다. 따라 오던 경찰은 할 수 없이 돌아가고 말았다.

"오, 이제 살았다."

그러면서 생각했다.

'오늘은 주일날도 아닌데 웬 사람들이 이렇게 많이 모였지? 가만히 있어 보자. 아, 누군가 결혼식을 하는구나.'

광철은 경찰이 완전히 돌아갔나 보기 위해 정문으로 나와 살폈다. 그리고 만족한 웃음을 지으며 말했다.

알림 : 이 사진 중앙 상부에 두드러진 얼굴이 이 글에 나오는 실물 주인공 광수 / 동화적으로 표현한 삽화 스케치는 이용덕 작가가 그린 것을 ai가 각색한 것입니다.

"네 놈들이 날 잡아? 흥! 그런데 결혼식은 아주 굉장하게 하는군."

광철이는 계단을 내려가다 머리를 갸웃거렸다.

"이상하다. 어디서 많이 듣던 이름인데? 아아, 맞다 우리 형 이름이다."

그리고 가만히 지켜보니 신부는 고아원에서 같이 지내던 지숙이이고 신랑은 형 같았다. 광철이는 교회 안으로 숨어 들어가 신랑 얼굴을 보았다. 틀림없이 눈을 감은 형이다.

그때 놀랍게도 용철이가 축사를 하고 있었다.

"어어? 저건 용철이가 아닌가."

용철이 축사를 했다.

"오늘 결혼식을 하는 신랑 광수씨는 어릴 때 고생을 많이 하며 고아원에서 자랐고 그러면서도 공부를 열심히 하여 지금은 당당한 목사가 되었습니다."

광철은 고개를 푹 숙이고 가슴을 쳤다.

"아, 형은 목사가 되었구나. 아아, 나 같은 놈은 죽어야 한다."

그러면서 자기 죄를 뉘우치고 자수하기로 결심했다. 그래도 형은 한번 만나보고 싶었지만 그럴 수 없다고 생각하고 곧장 경찰서로 달려갔다. 광수는 동생이 이렇게 된 것도 모르고 있었다.

'형은 성실하게 살며 공부하여 목사가 되었는데 나는 쓰리꾼 두목이 되어 세상에 몹쓸 일만 하고 있지 않은가.'

그 날 저녁 집에서는 큰 혼인잔치가 왁자지껄 벌어지고 있었다.

그 날 늙은 거지 광수 아버지는 동냥하러 동서남북 떠돌다가 그 앞을 지나게 되었다. 사람들이 들끓는 것을 보니 잔칫집 같았다.

'아이고 배고파, 웬 사람들이 저렇게 많은가.'

그렇게 생각하면서 오늘은 여기서 얻어먹고 신세나 한번 지자하고 집안으로 들어가 구걸했다.

"아주머니, 나 먹을 것 좀 주세요."

아주머니는 음식을 차려주며 말했다.

"자요, 잡수세요."

"고맙습니다."

늙은 거지가 된 광수 아버지는 너무 배가 고파서 좌우 가리지 못하고 허겁지겁 먹어댔다. 그리고 배가 불러 남은 음식을 깡통에다 주워 담으며 혼잣말을 했다.

"아아, 이만하면 며칠간은 살겠다."

광수 아버지는 이왕에 들어왔으니 신랑 신부 얼굴이라도 한번 보고 가자고 안으로 들어가려는데 한 노인이 하는 소리가 들렸다.

"여봐. 신랑이 장님이라지?"

그 말에 이렇게 대꾸했다.

"그래? 장님인 걸 이제 알았나? 장님이지만 공부를 많이 하여 이 교회 목사님이 되신 거래."

이때 광수 아버지가 중얼거렸다.

"뭐? 신랑이 장님이라고? 우리 아들도 장님이었는데 신랑이 장님이라니 한번 보고 싶네."

그러면서 안으로 들어가 두리번거렸다. 그때 한 사람이 가로막았다.

"아니. 왜 안은 기웃거려요?"

"아닙니다. 목사님이 보고 싶어서 그럽니다."

"댁 같은 사람은 목사님 만나기는……."

이때 마침 목사님이 나오면서 물었다.

"누가 오셨는데 그러시나요?"

일보는 아주머니가 겸손히 대답했다.

"아무것도 아닙니다. 지나가는 거지가……."

이때 거지가 된 광수 아버지는 목사님을 바라보고 놀랐다.

'광수! 내 아들 광수 아닌가.'

그러나 무슨 낯으로 내가 네 아버지라고 할 수 있는가.
아들 광수는 장님이지만 훤한 이마에 반달눈썹에 감은 눈,
곧게 날선 코와 다부진 입술과 뽀얀 볼이 빼어난 귀공자였
다.

목사 광수가 아주머니한테 물었다.

"거지가 오셨다고요?"

아주머니가 겸손히 허리를 숙였다.

"죄송합니다. 목사님."

"예수님이 거지를 사랑하셨듯이 우리도 거지든 누구든 사랑으로 대접해야 합니다. 이렇게 좋은 날 오셨으니 손님으로 모시고 한상 잘 차려 드리세요."

"예, 목사님."

목사 광수는 교회 장로들과 자리를 떠났다. 광수 아버지는 그 모습을 보면서 무릎을 꿇고 울었다.

"감사합니다, 아들 목사님."

거지들의 세계

　광수 아버지는 다리 밑 거처로 돌아갔다.

　거기는 거지들이 모여 사는 거지소굴이다. 그곳에 모인 거지들은 다 깊은 사연을 가지고 오갈 데 없는 불쌍한 이들이 모인 곳이다. 그래도 자존심은 있어서 서로 자기 이름을 숨기고 별명을 지어 불렀다.

　첫째 자리 잡았던 거지는 걸가라고 부르고 다음은 걸나 다음은 걸다 그리고 다음은 걸라 끝으로 걸마로 다섯 명이었다. 그들은 밥 얻으러 깡통을 들고 나갈 때는 자기 구역이 따로 있었다. 광수 아버지는 걸다로 교회 부근이 동냥구역이었다.

　광수 아버지 걸다는 오늘 따라 늦게 돌아왔다. 위로 형님 거지 둘 아래로 아우 거지 둘이 있었다. 광수 아버지 걸다가 오자 대장 걸가가 물었다.

"걸다, 오늘은 왜 이렇게 늦었나?"

걸다 광수 아버지는 들고 온 깡통을 내놓았다. 갑자기 깡통에서 맛있는 냄새가 풍겼다. 거지 형과 아우들이 코를 킁킁거렸다.

"이게 무슨 냄샌가? 크크 후후."

거지 걸다가 말했다.

"다들 나누어 먹어."

"정말인가?"

거지들이 우르르 달려들어 먹기 시작했다. 그러나 광수 아버지 걸다는 한쪽으로 가서 모로 누워 훌쩍거렸다.

"아들아, 미안하다. 장한 아들아. 내가 죽어야 하는데 그래도 살아서 너를 보았으니 이제 죽어도 한은 없다. 내가 너한테 지은 죄가 우우우음."

거지대장 걸가가 물었다.

"걸다, 왜 그래? 무슨 일이 있었나?"

막내 거지 걸마가 생뚱맞은 소리를 했다.

"걸다형, 왜 그래요? 오늘 좋은 데 갔던 것 같은데 왜 그러시오?"

모두가 맛있는 잔치 음식을 먹고 각기 사과 박스로 만든 침구 속으로 들어갔다.

다음 날이다. 다들 자기 동냥구역으로 나가는데 거지 걸다는 나가지도 않고 하루를 보내고 저녁에야 나갔다. 그가 간 곳은 교회 앞이었다. 아들이 저녁 예배를 드리러 그 앞을 지나갈 때를 기다렸다. 자기는 아들을 볼 수 있지만 아들은 못 알아볼 것이기에 길옆에 서서 지나가는 사람들을 기다렸다.

마침 어제 잔칫상을 차려준 여자 집사가 보고 물었다.

"어제 그 아저씨 아니세요?"

광수 아버지 걸다는 고개만 끄덕였다. 여자 집사가 또 물었다.

"오늘도 잔치하는 줄 알고 오셨나요?"

거지 걸다는 고개를 저었다.

"그럼 배가 고파서 오신 건가요?"

거지 걸다는 입을 다물었다,

"벙어리신가 보군요. 배고프신 것 같은데 어떡하나."

그리고 가방에서 빵을 꺼내어 내밀었다. 걸다는 두 손으

로 받아 먹었다. 여자 집사가 부지런히 교회 안으로 들어
갔다 나오더니 우유를 내밀었다. 거지 걸다는 고맙다고 머
리를 몇 번씩 주억거렸다.

"배가 많이 고프셨나 봐요. 목사님 말씀대로 배고픈 사
람한테 대접하는 거예요."

그리고 돌아가고 얼마 안 있다가 바로 앞에서 아들 목
사가 장로님 손을 잡고 교회로 왔다. 눈은 감았지만 품
위 있는 아들을 바라보니 가슴이 뿌듯하고 알지 못할 기쁨
이 넘쳤다. 그리고 한참 후 다른 성도들이 들어가는 뒤를
따라 교회로 들어갔다.

많은 성도들이 줄줄이 들어와 천사들처럼 얌전하게 자
리에 앉았다. 광수는 뒤에 자리가 남아 있어서 그리 가
서 앉았다. 긴 의자 끝에 앉아 있자니 뒤에 오는 성도들이
거지를 피하여 앉지 않고 주춤거렸다.

그래서 자리에서 일어나 맨 뒤 바닥에 가서 앉았다. 거지
라 그러려니 하는 듯 아무도 관심을 두지 않았다.

목사님이 단 위에 올라 환한 미소를 지으며 찬송가를 힘
차게 불렀다. 목소리에 광수 어릴 때 목소리가 묻어났다.

　목사가 된 광수가 설교를 하는데 많은 성도들이 감동을
받고 박수를 치며 즐거워했다. 그런 것을 보니 눈물이 나고
가슴이 벅차고 뜨거운 울음이 복받쳤다. 그래서 소리 없이
쿡쿡거리며 울었다.

그리고 다음 예배날도 동냥하러 나갈 생각이 나지 않아 종일 굶은 채 교회 앞으로 가 의자에 앉아 아들이 지나기를 기다렸다. 배가 고파도 아들을 볼 수 있다는 기쁨이 가슴에 넘쳤다.

해가 지고 교인들이 몰려오기 시작했고 그 친절한 여자 집사님이 발견하고 다가와 물었다.

"오늘도 오셨어요?"

거지 걸다는 고개만 끄덕했다. 그랬더니 물었다.

"혹시 정말 말 못하는 분인가요?"

속으로 예 하고 고개를 끄덕였다. 여집사가 불쌍히 여기는 것 같았다.

"날마다 오시는데 말도 못하시는 분이니 얼마나 답답할까. 식사는 하셨나요?"

걸다는 대답을 하지 않았다. 벙어리 같다고 생각한 여집사가 교회로 들어가자고 했다. 그리고 교회 식당으로 가서 간단히 상을 차려주었다. 눈물이 나도록 고맙지만 고맙단 말을 못하고 고개만 주억거렸다. 그리고 사람들이 들어가는 뒤를 따라가다 아들이 장로님들의 부축을 받으며 단상으로 오르는 것을 지켜보고 한쪽 귀퉁이 바닥에 앉았다.

거지가 들어와 있다고 생각한 사람들은 가까이 오지도 않고 관심도 두지 않았다. 오늘 아들 목사는 부모님의 사랑에 대한 설교를 이렇게 했다.

"저는 보모님의 사랑이 그립습니다. 어머니는 어렸을 때 천국으로 가셨지만 아버지는 어디서 어떻게 지내시는지 생사를 모릅니다. 사람이나 짐승이나 자식 사랑은 한이 없습니다. 저의 아버님도 저를 지극히 사랑하시다 저를 장님으로 만들었습니다."

그리고 보이지 않는 눈으로 성도들을 향해 빛나는 얼굴을 둘러보며 말을 계속했다.

"오늘은 엄마 펭귄과 아빠 펭귄 이야기를 하렵니다. 엄마 펭귄은 알을 낳아 아빠에게 맡기고 먹이를 찾아 바다로 나갑니다. 알을 넘겨받은 아빠 펭귄은 추위 속에서 알을 지키며 강추위에 먹지도 자지도 못하고 64일, 두 달 동안 헌신적으로 알을 품어 새끼가 알을 까고 나올 때까지 기다립니다. 그러다 에너지가 바닥을 칠 때 엄마 펭귄이 돌아옵니다. 엄마 펭귄은 바다에서 얻은 먹이를 잔뜩 물고 와 새끼 입에 토해 줍니다. 그러면 아빠 펭귄은 다시 새끼 먹이를 구하러 바다로 나갑니다. 그리고 온갖 고생을 하면서 새끼 먹이를 구할 것입니다. 사람이나 짐승이나 자식 사랑은 한이 없습니다. 우리는 모두 펭귄 부부보다 더 뜨거운 사랑을 받고 세상에 태어난 사람들입니다."

목사는 눈물을 닦으며 얼굴을 숙여 보이고 마무리를 했다.

"나는 고백합니다. 어디 계시며 세상에 살아 계신지 안 계신지 모르는 아버님이 그립습니다. 비록 볼 수는 없지만 음성과 손을 만지면 지금도 압니다. 아버지는 나를 위해 희생하셨지만 은혜를 갚을 길이 없습니다. 여러분 부모님 계실 때 효도하세요."

광주 아버지는 그만 엉엉 울고 싶었다.

그러나 소리를 내지 못하고 머리를 박고 굽실거리며 눈물만 펑펑 흘렸다.

'아들아, 미안하다. 살았어도 죽은 개만도 못한 나를 용서해다오. 내가 너를 뒤주 속에 가두고 우우우우…….'

그렇게 마음 아픈 거지 광수는 비틀비틀 다리 밑으로 돌아왔다.

둘째 거지 걸나가 물었다.

"걸다, 어딜 갔다 이제 오는 거냐?"

걸다 광수 아버지는 아무 말 없이 제 자리로 가 모로 누워 울었다.

아들아 내 아들아

갑자기 이상해진 걸다가 왜 그러는지 궁금한 동지들이 물었다.

"어디가 아픈가?"

"무슨 일을 당한 거야?"

"누가 거지라고 놀렸나?"

그렇게 물어도 입을 열지 못하고 모로 누워 눈물만 흘렸다. 모두가 거지 신세지만 우정만은 보통 사람들보다 두터웠다. 막내 걸마가 얻어다 놓은 음식을 내놓고 먹으라고 했지만 먹지 않았다.

그렇게 하루가 지났다. 광수 걸다는 이런 생각을 했다.

'나 같은 것이 살아서 뭘 해. 이대로 굶어 죽자. 아들 볼 면목도 없고 나 같은 건 아들한테 짐일 뿐이다. 내가 세상에 없어도 아들은 사람들의 사랑을 받으며 하나님의

은혜를 받고 잘 살 거다.'

밤새도록 이런 생각만 하다가 꿈을 꾸었다.

잊고 있던 둘째 아들 광철이가 나타나 불렀다.

"아버지!"

"광철이냐? 넌 어디를 돌아다니다 오는 거냐?"

"저는 형하고 살아요. 형은 아주 부자가 되어 잘살고 있어요."

"그러냐? 형은 무얼 하고 살더냐?"

"형은 큰 회사를 운영하고 있고요, 저는 형을 모시는 운전수로 있어요."

"그러냐? 잘 되었구나. 형을 모신다니 다행이다. 형이 너한테 잘해 주지?"

"잘해 주기는요. 형은 성질이 까다롭고 저를 동생으로 생각하지 않고 남보다도 더 심하게 부려요."

"너를 믿기 때문이겠지."

"남이에요. 그래서 오늘 형을 버리고 나왔어요."

"나오다니 그럼 안 되지."

"저 아버지하고 살래요."

"내가 누구냐?"

"거지잖아요."

"나하고 살면 넌 무엇이 되느냐?"

"거지가 되는 거지요."

"야! 이놈아. 너까지 거지가 되어 빌어먹으러 다닌다고?"

"아버지 아들이잖아요. 거지 아버지에 거지 아들이 어때서요?"

"뭣이 어때 이놈아!"

팔을 저으며 소리를 치니 곁에서 자던 거지 걸마가 깨어 물었다.

"걸다 형, 왜 이래요?"

눈을 번쩍 뜬 거지 걸다가 미안해서 말했다.

"아우, 미안하네. 그만 꿈을 꾸었어."

"좋은 꿈이었나요?"

"좋은 꿈이었어. 꿈을 깨고 보니 좋은 꿈이야."

"다행입니다. 그만 주무시지요."

이렇게 지내고 다음 주일날도 종일 굶은 채 저녁에 목

사 광수 교회를 찾아갔다. 교회 앞 의자에 앉아 아들이 지나가기를 기다렸다. 그런데 한 사람이 다가와 물었다.

"어르신, 오늘도 예배드리러 오셨나요?"

"예."

"감사합니다. 저하고 같이 들어가시지요. 저녁은 잡수셨나요?"

"예."

"얼굴이 굶으신 것 같은데요. 저하고 같이 들어가세요."

그 사람은 누군지 모르지만 친절하게 앞장서 가면서 말했다.

"저도 저녁은 아지 못 먹었어요. 그래서 교회 식당에 들어가 먹을 거예요. 저하고 같이 드세요."

세상은 참 이상스럽다고 생각했다. 교회에 오는 사람들은 모두가 친절하고 남의 생각을 해주고 장님 아들이 설교하는데 눈 뜬 사람들이 그 설교를 들으러 온다는 게 그렇다.

다행히 그 사람 덕으로 저녁을 잘 먹고 그 사람을 따

라 교회로 들어갔다. 그리고 그 사람 곁에 앉았다. 그런데 문제가 생겼다. 다른 교인들이 들어오더니 늙은 거지가 있는 것을 보고 옆자리가 비어 있는데도 아무도 와서 앉지 않았다.

거지를 거지로 보는 사람이 있고 같이 밥도 먹게 해주는 사람이 한 교회 안에 있는 것이다. 교회라는 게 비빔밥 같다는 생각을 했다. 사람들이 많이 들어와 자리가 모자랐다. 친절한 옆 사람한테 말했다.

"내가 아래 땅바닥에 앉아야겠어요. 나는 어차피 이런 차림이니 아무데 가서 앉아도 되어요."

그러자 그 사람도 일어나 자리를 내주고 걸다를 따라 뒷자리 맨바닥에 나란히 앉았다. 언제 왔는지 목사 광수가 단 위에 서서 설교를 시작했다.

비록 땅바닥에 앉았어도 아들을 본다는 마음에 가슴이 벅차고 기뻤다. 옆에 앉은 사람이 땅바닥에서 무릎을 꿇고 기도를 했다. 그것을 보고 멀뚱거리고 앉아 있기가 멋쩍어서 자기도 따라 머리를 땅에 박고 기도하는 척하며 생각했다.

'하나님이 정말 계시다면 이 놈의 목을 당장 베십시오 하나님의 종이 되어 저렇게 높은 단 위에 서서 설교하는 내 아들한테 나는 죽을죄를 지었습니다. 어린것을 뒤주에 가두고 쥐약을 먹여 죽이려고 했던 저는 아비도 아니고 사람도 아닙니다. 죄인 중에 죽어 마땅한 죄인입니다. 하나님, 저는 용서를 바라지 않습니다. 당장에 이 자리에서 죽여주십시오.'

이렇게 생각하니 눈물이 펑펑 쏟아지고 가슴이 아팠다. 그것을 본 옆 사람이 열심히 기도하고 찬송하며 거지 걸다를 주의 깊게 살폈다.

거지가 누추한 차림이지만 눈물을 흘리며 회개하는 것으로 생각한 그 사람은 감동하고 있었다. 목사님이 오늘은 이런 설교를 했다.

거지나사로 이야기

"성경에 거지 나사로의 이야기는 모두들 알고 계시지요? 그런데 성경에도 없고 여러분도 모르는 비밀이 하나가 더 있습니다. 이런 말을 하는 분도 없는 줄 압니다. 그러나 눈을 감고 사는 저는 나사로만 보이는 것이 아닙니다. 여러분이 어떤 분인가도 다 보고 있습니다. 눈을 뜨고 보는 사람은 겉모습을 보고 믿지만 저 같은 사람은 목소리를 듣고 상대의 인품이며 외모를 봅니다. 목소리는 바로 속사람과 외모까지 보여줍니다. 그러므로 세상 별별 사람이 다 보입니다."

그 말에 많은 성도들이 머리를 끄덕였다. 그런데 다음 설교는 거지에 대한 것이었다. 거지 광수 아버지 걸다는 거지라는 말에 귀가 번쩍 생각했다.

'성경에 거지 이야기도 있다고? 어차피 무식해서 모르는 소리지만 아들 목사가 하는 말이니 잘 들어보자.'

아들 목사 광수는 아버지도 처음 듣는 이야기를 했다.

"큰 부잣집 대문 앞에 나사로만 혼자 있었을까요? 아닙니다. 나사로 말고도 여러 명의 거지들이 득실거렸습니다. 부자가 풍요로운 파티를 끝내고 남은 음식을 문 밖으로 내버리면 온 세상 거지가 다 모여들어 서로 가로채고 싸우며 주워 먹었습니다. 그러다가 많이 먹은 거지는 배를 두들기며 노래를 하며 떠나고 못 받아먹은 거지는 부자를 향해 욕을 하면서 떠났습니다. 그렇게 거지들이 다 흩어지고 난 뒤에는 나사로 혼자 남았습니다."

목사 광수는 나사로라는 거지가 어떻다는 것인지 다음에 무슨 말을 할까 귀를 기울였다. 곁에 같이 있는 사람도 눈을 반짝이며 귀를 기울였다. 설교가 계속되었다.

"하나님을 모시고 사는 나사로는 다른 사람들처럼 아귀다툼을 하지 않았습니다. 오히려 거지들이 모두 돌아가며 내버린 쓰레기를 치우고 문 앞 청소까지 깨끗이 하였습니다. 그렇게 하는 것을 대문경비원이 눈여겨보았지요. 그리고 모든 거지가 사라진 뒤에 버리려고 내온 음식 중에 좋은 것만 살짝 챙겼다가 나사로에게 주었습니다. 나사로는 무엇을 주든지 언제나 감사드리고 먹고 그렇게 받은 음식을 혼자 먹지 않고 남겼다가 뒤늦게 오는 불쌍한 거지들한테 나누어 주었습니다."

옆 자리 성도가 광수 아버지를 보고 속삭였다.

"들으셨지요? 거지라고 다 거지가 아니네요. 진짜 거지같은 거지가 있고 거지가 아닌 거지가 있네요. 그렇게 착한 거지 나사로는 당연히 사람 칭찬도 받아야 하고 하나님 상도 받아야 합니다. 안 그렇습니까?"

"예."

광수 아버지는 누가 뭐라고 해도 '예' 소리밖에는 하지 않았다. 목사는 다음 말을 이었다.

"대문 경비원은 나사로의 착한 마음씨를 보고 감동했습니다. 그런가 하면 하나님도 고개를 끄덕이셨습니다. 우리들도 같은 사람이고 성도면서 진짜 거지같은 사람이 있고 나사로 같은 사람이 있습니다. 배고픈 거지가 주인이 버리는 음식을 얻어먹고 어떻게 합니까. 얻어먹었지만 감사하는 거지가 있고 욕을 하는 거지가 있듯 우리는 하나님의 은혜를 받고 누리며 하나님께 감사하는 사람이 있는가 하면 은혜를 모르고 심지어 불만까지 하는 사람이 있습니다. 우리는 어떤 사람이 되어야겠습니까. 다른 사람이 아닌 거지 나사로와 같이 무엇이든 하나님께 감사드리는 우리가 되어야 합니다."

광수 아버지는 바로 아들이 자기 보고 하는 소리 같아 목을 꺾어 무릎 사이에 끼고 눈물을 펑펑 흘렸다. 그것을 본 옆 사람도 감동하여 눈물을 흘렸다. 목사 설교는 부자와 거지가 죽은 뒤의 이야기를 했다.

"부자도 죽고 나사로도 죽어 세상을 떠났습니다. 그런데 세상에서 명예와 부귀를 누리며 하나님을 경홀히 여기고 거만하게 살던 부자는 지옥에 떨어졌습니다. 지옥에 떨어진 부자가 멀리 올려다보니 거지 나사로가 예수님 품에서 영광을 누리고 있었습니다. 지옥에 있는 부자는 목이 너무 말라서 나사로한테 손끝에 물 한 방울만 찍어 입술에 묻혀 달라고 애원했습니다. 그러나 지옥과 천당 사이에는 큰 구렁이 있어서 나사로가 도와줄 수가 없었습니다."

예배가 끝나자 옆 자리 사람이 거지 걸다한테 말했다.

"그렇게 펑펑 울며 설교를 열심히 듣는 성도는 처음 봅니다. 오늘 만나서 감사합니다. 어른께서는 어디 사시는지요?"

광수 아버지는 말을 못했다. 다리 밑에 산다는 것도 그렇고 못난 애비라는 것도 부끄러웠다. 어물거리자 그 사람이 말했다.

"사시는 곳이 어딘지 모르겠으나 믿음으로 보아 그런 차림으로 사시기는 그렇습니다. 미안하지만 오늘은 저를 따라오시지요."

"예."

새 옷

그 사람은 걸다 광수 아버지를 데리고 자기 집으로 갔다. 그 사람 집은 오래 된 기와집이었는데 수리를 하지 않아 절간 같은 느낌이 드는 세 칸짜리 집이었다.

걸다 광수 아버지는 그런 집이라도 있는 사람이 부러웠다.

'이런 집이라도 있으니 저 사람은 부자다. 나 같은 건 굴다리가 천장이고 사과 박스 잠자리에 자면서 내일은 어디서 무엇을 먹을까 걱정하며 사는 거지가 아닌가.'

이런 생각을 하는데 그 사람 아들이 건넌방에서 불렀다.

"아버지, 나 급해요."

"알았다. 금방 갈게 기다려."

그 사람은 자리를 뜨면서 양해를 구했다.

"잠깐만 계세요. 곧 다녀올게요."

그리고 건넌방을 다녀와서 말했다.

"미안합니다. 저 아이는 제 아들인데 어려서 소아마비를 앓고부터 다리를 못 쓰고 열 살이 되어 갑니다. 그래서 제가 밥도 차려주고 대소변도 받아 줍니다. 그래도 생각은 바르게 하고 성격도 명랑합니다. 불쌍하여 교회에 가서 하나님께 늘 기도합니다. 아들이 건강하게 해달라고요. 그리고 날마다 초등학교 교과서를 구해다 공부를 시키고 있습니다."

목사 광수 아버지는 기가 차고 가슴이 메었다. 그래서 고개를 숙이고 자기반성을 하며 눈물을 흘렸다. 그것을 본 사람이 말했다.

"어른님은 믿음이 깊으셔서 마음이 여리신 것 같습니다. 하나님의 사랑을 받는 분은 누구보다 마음이 연약해서 눈물도 많이 흘립니다. 저는 아직 그렇지 못하지요. 어른님처럼 눈물을 제대로 흘려본 적이 없습니다."

남의 속도 모르고 하는 말에 상대는 어떤 사람인지 궁금하여 물었다.

"이렇게 만나 신세를 지면서도 통성명이 없어서……. 목사님이신가요?"

"아닙니다. 목사는 아무나 되는 게 아니지요. 저 같은 게 목사라니요. 우리 목사님 신발 신겨드릴 일만 할 수 있다면 영광이지요. 저는 성이 유가이고 이름은 수철이며 교회에서는 유집사라고 부릅니다. 집사 자격도 없는데 교회를 오래 나가다 보니 사람들이 붙여준 이름입니다."

"유집사님이라고요? 집사라면 높은 지위인가요?"

"집사는 교회에서 봉사 잘하라는 직분입니다. 저는 식당에서 이것저것 하라는 대로 심부름 등 잡일을 합니다."

그렇게 말하면서 유집사는 속으로 생각했다.

'목사님 말씀에 그렇게 감동을 받고 우시는 분이 어째서 집사 목사도 구별할 줄 모를까? 이상한 분이 아닌가.'

그러면서 조심스럽게 말했다.

"어르신 제가 한 말씀드리겠습니다. 지금 입고 계신 옷이 너무 낡았습니다. 제게 안 입는 양복이 하나 있습니다. 그것을 드리고 싶은데 어떻습니까?"

"아닙니다. 저 같은 사람은 이런 것 입는 것만도 과분합니다. 저는 옷 입을 자격도 없는 거지입니다."

"너무 겸손한 말씀을 하십니다. 사양하지 마시고 제가 입던 것이라 싫다고 하시는 것 같아 부끄럽습니다만 제 말씀대로 변변치 않지만 입으시고 내일부터 교회에 나오셔서 저하고 예배도 드리고 교회 봉사도 하시면 어떻겠습니까?"

"저 같은 게 그런데서 할 일이 있습니까?"

"예, 아주 남들이 하기 싫어하는 자리가 있습니다. 제가 뵙기에 눈물로 기도하시는 것만 보아도 믿고 그 일을 같이 하자고 하고 싶습니다."

"그게 무슨 일인가요?"

"교회 청소하는 일입니다."

"그 정도라면……."

"감사합니다. 저하고 같이 교회 청소를 하기로 하시지요 제가 내드리는 옷을 사양하지 마시고 갈아입

으세요. 지금 차림으로는 교회에서 받아주지 않아요. 아셨지요?"

"예, 그럼 그렇게 하겠습니다만 한 가지 청이 있습니다."

"무슨 말씀이시든 들어드리겠습니다."

"제가 교회에서 시키는 일이라면 무엇이든지 하겠지만 이런 꼴로 유집사님을 만났으니 집사님과 둘이 있을 때는 말을 하고 다른 사람들 앞에서는 벙어리노릇을 하게 해주세요."

"그거야 어려운 것 같지 않은데 무슨 사연이라도 있으신가요?"

"예, 그러니 더는 묻지 마시고 벙어리라고 소개해 주시고 일은 잘한다고만 해 주세요."

"알겠습니다."

그렇게 하고 유집사 양복을 입고 거지복은 둘둘 말아 들고 일어서는데 유집사 부인이 들어와 물었다.

"여보, 이 손님은 누구신가요?"

"아, 전부터 교회에서 아는 분인데 내가 꼭 모시고 오고 싶어서 모셨소. 인사나 하시오. 앞으로 나하고 같이 교회에서 봉사하기로 했소”

부인이 인사를 했다.

“안녕하세요? 처음 뵙겠습니다.”

“예.”

걸다 거지는 이 한 마디만 하고 자리를 떴다. 부인이 이상하다는 듯 갸웃거리며 물었다.

“저 분 벙어리 같지 않아요?”

“맞아요. 불쌍한 벙어리예요.”

“어쩌자고 벙어리를 구하여 같이 봉사하겠다고 해요?”

“벙어리라도 무슨 일이든 잘하면 되는 것 아니겠소”

그렇게 말하고 밖으로 나간 유집사가 저만큼 걸어가는 걸다를 불러 세웠다.

“어르신 미안합니다. 갑자기 집사람이 오는 바람에 식사도 못해드리고 이렇게 되었습니다. 적지만 이것 가지고 가시다 간단히 저녁이라도 하고 가세요”

그러면서 만 원짜리 한 장을 내밀었다.

“아닙니다. 저 배 고프지 않습니다.”

"그래도 받아 주세요. 그리고 내일 교회 앞 의자에서 만나요."

"네."

만원!!

손에 만원이라는 큰돈을 언제 만져 보았던가. 깡통 들고 맨손으로 이집 저집 다니며 주는 대로 빌어먹는 거지 신세에!

그는 돌아가는 길에 붕어빵 만원어치를 사 들고 다리 밑으로 들어갔다. 저녁을 먹었는지 굶었는지 모를 막내 거지 걸마가 걸다를 보자 놀란 소리를 질렀다.

"걸다 형. 이게 어떻게 된 거예요? 어디서 그런 양복까지 훔쳐 입었어요?"

"훔쳐 입은 것이 아니라 하나님이 입혀 주셨다. 자, 이것이나 하나씩 먹자."

그러면서 붕어빵을 풀어 놓았다. 다섯 명이 네 개씩 나누어 먹었다. 자기도 배가 많이 고팠지만 혼자만 뭘 사먹기는 양심이 가려서 빵을 사다가 같이 먹었다.

장님과 실로암

유집사와 약속한 대로 교회 입구로 일찍 나가 의자에서 기다렸다. 유집사는 앞장서서 교회 식당으로 들어가 간단히 음식을 차렸다. 빌어먹던 동냥 음식과는 전혀 다른 맛있는 식사를 했다. 그리고 교회 사무실로 가서 총무 장로한테 인사를 시켰다.

"그 동안 마땅한 분을 구하지 못하다가 오늘 좋은 분을 만나 같이 일하게 되었습니다. 장로님 잘 보아주십시오"

장로라는 분이 한번 훑어보더니 한 마디 했다.

"나이가 많은 것 같은데 그런 일을 할 수 있을까요?"

"제가 인정하는 분입니다. 무엇보다 믿음이 좋으신 분입니다. 목사님 설교에 감동하여 눈물을 펑펑 쏟으시며 우시는 모습이 제 마음에 들어서……"

장로가 물었다.

"연세가 좀 높아 보이는데 그렇게 어려운 일을 해 낼
수 있겠습니까?"

"예."

"우리 교회에 오래 나오셨나요?"

"예."

그 물음에 거짓말을 하고 가슴이 쿵하고 내려앉았다. 장로가 한 마디 더 했다.

"예 소리밖에 못하는 벙어리는 아니시지요?"

"예."

"좋습니다. 예수님도 그러셨어요. 매사를 '예' '아니오' 라고 하라고 하셨습니다. 예예, 좋습니다. 함께 일합시다."

나이가 지긋하여 어쩌면 동갑이나 한두 살 아래로 보이는 장로는 더 말하지 않았다.

그렇게 일자리를 얻고 밥 먹을 걱정을 벗어난 걸다는 그 날부터 유집사를 따라 다니며 교회 구석구석 청소를 하고 막힌 수채 구멍을 맨손으로 파내고 말끔히 닦았다. 그러면서 속으로 눈물이 나도록 기쁨이 넘쳤다.

'이 교회는 내 교회다. 아들이 목사님인데 내가 무엇을 아낄 것인가.'

일찍 나와서 기다려 유집사를 만났고 그렇게 하여 밤이

되도록 청소를 했다. 그리고 저녁에는 예배에 참석했다. 오늘은 거지 차림이 아니라 긴 의자에 앉았다. 다른 교인들도 아무렇지 않게 곁에 와서 앉았다. 옷 하나가 그렇게 사람대접을 한다는 그것만도 감격이었다. 그런데 오늘 목사님 설교는 '실로암 연못가의 장님'이었다.

장님 이야기도 성경에 있다니? 아들 장님 목사가 장님 설교를 하다니 귀가 번쩍 뜨일 수밖에 없었다. 목사님 설교는.

"여러분, 세상에서 가장 불쌍한 사람이 누구겠습니까? 벙어리도 있고 귀머거리도 있도 앉은뱅이도 있고 곱사등이도 있지만 가장 불쌍한 사람은 귀머거리와 장님입니다."

그러면서 교회 안을 둘러보고 나서 이었다.

"적군이 쳐들어오면 장님은 못 보아서 도망 못 가고 귀머거리는 적군이 오는 소리를 못 들어서 도망을 못 칩니다. 그런데 그 둘 중에 더 불쌍한 것은 장님입니다. 그래서 장님은 평생소원이 세상 한번 보았으면 하는 것과 자기 가족 얼굴 좀 보았으면 하는 것일 수 있습니다. 성경에 나오는 장님 이야기는 많은 것을 가르칩니다. 세상의 많은 무리 중에 예수님을 따르던 장님이 그 한 사람뿐이었겠습니까?"

목사는 또 한 번 성도들을 향해 얼굴을 돌려 보이며 계속했다.

"제가 지금 여러분을 보고 싶어 둘러봅니다만 보지 않고 보는 내게 여러분은 모두 아름다운 천사로 보입니다. 전에도 말했지만 목소리를 듣고 마음으로 보는 얼굴이 더 아름답다고요. 그런데 예수님이 지나가시는 길목에 소경이 한 사람뿐이었다고 생각하면 오해입니다. 가시는 길목마다 많은 소경들이 있었다고 생각합니다."

목사는 손을 들어 열 손가락을 펴 보이며 설교를 계속했다.

"제가 열 손가락을 보여 드립니다. 이 열 손가락 가운데 귓속이 가려운데 어떤 손가락으로 귀를 후벼야 할까요? 엄지, 인지, 중지, 약지가 있지만 가장 가느다란 새끼손가락이 가장 맞습니다. 그렇듯 사람도 하나님께 쓸모가 있게 다 부여해 놓으셨습니다. 그렇듯 여러 장님이 있지만 구원받을 수 있는 장님은 따로 있습니다. 그 장님이 누구일까요?"

목사는 손가락 하나를 가리키며 설교를 이었다.

"예수님 주변에는 장님들이 열 명도 넘게 있었습니다. 그 장님들한테 예수님이 말씀하셨습니다.

'눈을 꼭 뜨고 싶은 사람은 저 실로암 샘가로 가서 샘물로 일곱 번 눈을 씻어라.'

그 말을 들은 교만한 장님들은 비웃었습니다.

'웃기네, 집에서 날마다 맑은 물로 세수를 해도 못 고치는 눈을 실로암 구정물로 고치라고? 그게 어떤 물인가. 그 구정물에 눈을 씻으라고? 눈병만 생기지 무슨 소리야.'

그러면서 교만한 아홉 장님들은 자리에서 꿈쩍도 않았습니다. 그런데 한 장님만은 예수님의 말씀을 믿고 실로암물가로 갔습니다. 그리고 말씀대로 눈을 일곱 번 씻었습니다.

한번 씻을 때도 아무 효험이 없었습니다.

두 번, 세 번 그렇게 여섯 번을 씻어도 아무 효험이 없었습니다.

장님은 실망했습니다. 그러나 명령대로 일곱 번째 물로 씻을 때 기적이 일어났습니다.

눈동자를 덮고 있던 가죽이 벗겨지고 세상이 환히 보였던 것입니다."

목사는 잠시 사이를 두었다가 설교를 이었다.

"어떻습니까? 순종이 제사보다 낫다는 말씀도 아시지요? 바로 순종하는 믿음이 참 믿음입니다. 우리가 살아가며 마음속에서 두 가지 갈등을 느낄 때가 있습니다. 무엇인가 마음에 썩 내키지 않는 일을 앞에 두고 갈등합니다. 한쪽 마음은 해 보자 하고, 다른 마음을 그 짓을 왜해 하고 거부합니다. 이때 해보자고 하는 마음이 승리할 때 성공하는 것입니다. 해 보자는 마음은 성령님의 주장이고 거부하는 마음은 마귀의 주장입니다. 우리는 언제나 성령님의 인도를 따라 사는 것이 참 지혜입니다. 쉽게 말하면 양심이 하자는 대로 하는 사람이 성령의 명을 따르는 의인입니다."

이때 성도들이 모두 고개를 끄덕였다. 목사 광수 아버지는 아들 설교에 감동을 받았다.

'목사 광수가 내 아들은 맞지만 이제는 내 아들이 아니라 하나님의 아들이다. 내가 저런 아들을 뒤주 속에 가두고 못된 짓을 했는데 그 죄를 어디 가서 용서받을 수 있는가.'

그러면서 또 엎드려 눈물을 펑펑 쏟았다.

예예 벙어리

교회 청소부가 된 거지 걸다는 집(다리 밑)에도 안 가고 교회 구석구석을 쓸고 닦다가 아무데서나 의자에 누워서 잤다. 그만해도 다리 밑보다는 백 배 좋았다. 그러나 그 사정을 아는 사람은 아무도 없었다.

믿음이 무엇인지 성경에 어떤 가르침이 있는지도 모르는 무지한 그는 의자에 누워 잠이 들 때까지 하나님께 용서만 빌었다.

'하나님, 저는 하나님을 모릅니다. 다들 하나님께 죄를 고백하고 찬송가를 부르니 저도 따라 합니다. 하오나 제가 남들 하는 대로 기도하고 찬송한다고 제가 아들한테 지은 죄가 어디로 가겠습니까. 저는 그냥 죽고만 싶습니다. 자식을 장님을 만들어 놓은 것도 저였습니다. 어린것을 뒤주 속에 가두고 죽이려던 저입니다. 저를 누가 용

서하겠습니까. 하나님, 저는 용서를 빌지 않겠습니다. 더 두지 마시고 오늘밤 저를 죽여주십시오.'

그렇게 생각하고 울며 몸부림치다가 잠이 들었다. 그리고 새벽이면 남들이 보지 못하게 일찍 일어나 세수도 하고 집에 나온 것처럼 사무실 앞 의자에 앉아 유집사가 오기를 기다렸다.

밤낮 없이 청소를 열심히 하는 것을 안 성도들 사이에 소문이 돌았다.

"벙어리 영감이 오고부터 교회가 깨끗해졌어요."

"세상에서 저렇게 자기 일을 정성껏 하는 사람은 처음 보아요."

"말은 못해도 우리가 하는 말을 다 알아듣고 심부름은 잘합니다."

"저 사람한테 우리는 아무것도 해줄 수 없지만 하나님은 상을 주실 거예요."

"그래요, 저 영감은 믿음이 얼마나 좋은지 예배 때마다 목사님 설교를 열심히 들으면서 눈물을 줄줄 흘려요."

"저 영감이야 말로 나사로 같은 사람이 아닌가요?"

"실로암의 장님 같은 벙어리지요."

유집사는 그 말을 여기저기서 들을 때마다 기뻤다. 하루는 둘이 조용한 곳에서 마주앉아 이야기를 나누었다.

"어르신, 말 안 하고 지내기가 매우 답답하시지요?"

"아니오."

"그렇습니까. 아니오, 하시는 목소리가 반갑게 들립니다."

"예?"

"아니오, 예만 하지 마세요. 우리끼리는 터놓고 말하자고 했잖습니까."

걸다가 말했다.

"세상에서 가장 편한 말이 그 두 마디라는 것을 배웠어요. 누가 뭐래도 예 하고 따르면 그렇게 편합니다."

"그래서 교회 안에서는 어르신을 예벙어리라고 부르는 사람이 있지요. 모르시지요?"

"예."

"또 예이십니다. 내일은 사례비가 나옵니다."

"그게 무슨 말씀인가요?"

"쉽게 말하면 청소부로 일한 월급을 준다는 말입니다."

"월급을요?"

"그렇지요."

"제가 뭘 했다고 그런 것까지 받나요?"

"뭘 하시다니요. 밤낮 없이 쓸고 닦고 어떤 날은 집에도 안 가시고 의자에서 주무셨잖아요?"

"그런 걸 어떻게 아셨나요? 집에 가 봐야 기다리는 사람이 없으니 그냥 교회에서 자면 편하고 좋아서 그랬지요."

"어르신 댁은 어디신가요?"

걸다는 잠시 망설였다. 거지들끼리 모여 살며 이름도 걸가, 걸나, 걸다라고 짓고 사는 처지에 무슨 말로 대답을 할 것인가.

"저를 처음 만났을 때 거지꼴을 보시지 않았나요. 거지가 집이 어디 있어요. 아무데서나 머무는 곳이 집이고 쓰러져 자는 곳이 안방이지요, 허허허허."

"농담도 잘하십니다. 내일은 월급을 타게 되시니 맛있는 것 사 잡수세요."

"예."

다음 날 월급이라고 주는 돈을 받아 들고 교회 의자에 앉아 기도를 했다.

"하나님, 저 같은 죄인하고 하나님과는 상관이 없으시지요? 그래도 저는 아들 바라보는 것으로 만족하고 아들이 좋아하고 모시는 하나님이시라니 저도 모시기로 했습니다. 오늘은 아주 기쁜 날입니다. 제 평생에 월급이라는 말은 처음 들어보고 처음 돈을 탔습니다. 저한테 사실 무슨 돈이 필요합니까. 교회에서 먹여주고 자고 싶으면 어디서든 잘 수 있는데 돈이 무슨 필요가 있습니까. 오늘 교회에서 준 월급을 남들처럼 하나님한테 드리고 싶습니다. 내일 예배시간에는 저도 한 번 기쁜 마음으로 드리겠으니 하나님이 정말 계시다면 기쁘게 받아주세요."

그렇게 하고 받은 월급이 처음 얻은 내 돈이라는 것을 믿을 수가 없었다. 이 돈을 어디다 쓸까? 세상에 나서 얻은 내 돈을 보지도 못한 하나님이지만 아들이 그렇게 믿고 기도하는 하나님한테 바치고 싶었다. 그래서 주일 예배시간에 봉투째 하나님께 드렸다. 그리고 나니 기쁘기가 구름을 타고 하늘을 나는 듯 즐거웠다.

'아아, 이 맛에 사람들이 하나님께 헌금을 하는구나!'

그 뒤로도 유집사가 월급을 타다 주면 봉투째 헌금을 하면서 기쁨을 누렸다.

그 목소리

어느덧 교회 청소부가 되고 1년이 넘었다.

교회에서는 모범적인 성도를 시상하기로 했다. 그 가운데 거지 걸다고 끼었는데 누구보다 많은 사람들의 칭송을 받았다.

"예 벙어리는 정말 상을 받아도 하나님이 주셔야 할 거예요."

"벙어리 영감은 교회를 자기 집보다 더 사랑하는 사람이에요."

"벙어리 영감은 이제 집사라도 시켜주어야 되지 않을까요."

"안타까운 일이지요. 집사 장로가 문제인가요 문제는 벙어리라는 것이 문제지요."

"곱사등이, 장님, 죽은 사람도 살려주신 예수님은 벙어

181

리를 고쳐 주시는 건 아무 문제도 될 것 같지 않아요. 너희 믿음이 너를 고치었다고 하시었으니 어쩌면 저 영감은 자기 믿음으로 벙어리를 고칠 수도 있잖아요."

"그런 믿음이 어디 그렇게 쉽습니까."

이렇게 칭송이 분분한 가운데 교회 창립 예배를 끝내고 2차 행사에 공로 시상식이 있었다. 그 날 걸다는 여러 사람들의 박수를 받으며 시상대에 섰다. 목사는 연로한 교회 창립자인 이성덕 장로님을 모시고 시상자들 앞에서 간단한 설명을 했다.

"우리 교회는 일찍이 연약한 한 전도사이셨던 이성덕 장로님이 젊은 시절 피땀으로 세운 교회입니다. 이 장로님은 이조말엽에 신학을 하시고 6.25전쟁에 부모 잃은 고아들을 돌보며 많은 고생을 하시며 세운 교회입니다. 그래서 우리 교회는 해마다 불우한 이웃을 돌보며 지금도 고아원을 운영하고 있습니다. 저도 이장로님이 운영하시는 이 명신원에서 자랐고 장로님의 도움으로 신학을 하고 오늘 이렇게 목사로 위임받아 여러분을 모시게 되었습니다."

그리고 수상자들에게 축하의 말과 특별 기도를 드린 후 수상자 한 사람 한 사람과 악수를 했다.

목사가 자기 앞으로 올 때 거지 걸다는 아들 목사가 손을 잡아주는 순간 울음이 복받쳤다. 그저 예예만 하면서 눈물을 흘렸다.

그러자 목사가 물었다.

"예예 벙어리라고 하시더니 정말 예예밖에 못하십니까?"

"예."

아들 목사는 늙은 아버지 머리에 손을 얹고 간단히 기도했다.

"하나님, 이 불쌍한 벙어리가 입을 열어 말하며 하나님을 찬양할 수 있도록 은총을 베풀어 주시옵소서. 아멘."

"예."

그러면서 아들 손을 잡고 또 울었다. 보드랍고 따뜻하고 어려서 만져보던 그 귀여운 손이 틀림없었다. 당장 아들아 하고 입을 열고 싶었지만 아들 체면을 생각하여 벙어리 노릇을 했다.

목사는 벙어리 성도의 손을 잡는 순간 뜨거운 열기가 어렸고 예하고 한 마디밖에 안 했지만 그 음성 속에서 아련히

잊었던 아버지의 음성이 들려오는 것 같았다.

목사 광수는 이상하게 그 음성과 손이 남 같지 않다는 느낌을 받고 옛날 생각을 했다. 뒤주 속에서 듣던 소리가 들렸다.

"아버지, 밥 다 먹었어요."

아버지는 태연히 대답했다.

"그래, 간다."

그러면서 뒤주 문을 열고 물었다.

"그래 밥 다 먹었냐?"

이때 광수는 밥그릇을 아버지한테 내던졌다.

"아버지, 이런 밥 안 먹어요!"

광수는 흥분해서 밥그릇을 던진 것이다.

"아니, 이 녀석이?"

남이 알까 봐 아무 소리도 못하고 이것저것 챙겨 들고 나가 변소에다 버렸다. 턱에 피가 흘렀다.

광수가 던진 밥그릇에 맞아 다친 것이다. 그래도 남이 들을까 봐 아무 소리 못했다.

목사는 어렸을 적 기억을 되살렸다. 그 때 '아니, 이 녀석이?' 하던 음성이 '예' 하는 소리에 묻혀 있었다. 그렇다고 누군지 확실히 알지도 못하면서 아무나 아버지라고 할 수도 없는 목사 광수는 시상식이 끝나고 한편으로 가서 유집사한테 물었다.

"저 예 벙어리 영감님에 대하여 얼마나 아십니까?"

"많이는 모릅니다. 처음 만났을 때는 거지였습니다. 그런데 거지가 교회에 와서 예배드리며 우는 것이 신기하고 고마워서 가깝게 되었습니다."

"그러셨군요. 불쌍한 분 같네요. 교회에서 많이 도와주시면 좋겠습니다."

"교회에서 도와주지 않을 수가 없습니다. 일을 너무 잘하여 많은 사람들이 칭찬을 하고 도와주고 있습니다."

"다행입니다."

목사 광수는 당회장실로 가면서 생각했다.

'내 아버님도 살아 계시면 저렇게 늙으셨겠지. 살아 계시면 얼마나 좋을까. 얼굴로는 알아볼 수 없지만 목소리만은 아직도 쟁쟁한데 저 벙어리 영감이 하는 한 마디 예 소리 가운데 아버지 음성이 들려오는 것 같아 어지럽다.'

아버지와 아들

목사 광수가 유집사한테 말했다.

"저 예 장님이 자기 일을 성실이 잘한다고 하셨지요?"

"예."

목사가 웃으며 말했다.

"집사님도 예 집사가 되셨습니까?"

"예."

"예예만 하시니 한 가지 부탁을 드립니다."

"예, 말씀하시지요."

"그 장님의 고향이 어디며 성함은 어떻게 되는지 알아보
아 주실 수 있을까요?"

"예. 그렇게 하지요."

목사가 덧붙였다.

"그분은 밤낮 없이 청소를 하다가 어떤 날은 교회 의자에
서 주무시기도 한다는데 아예 교회 부속실에 거처를 마련하

여 주시면 어떨까요?"

"그러시면 좋겠습니다. 목사님 감사합니다."

그렇게 하여 거지 광수 아버지는 자고 먹을 걱정이 없어졌다. 교회에서 부속실을 내주던 날 유집사가 말했다.

"이제 이사를 오시지요. 이삿짐은 제가 옮겨드릴게요."

목사 광수 아버지는 당황했다.

"아닙니다. 저 같은 것이 무슨 이삿짐이 있습니까."

"그래도 이부자리는 있지 않습니까?"

"그런 건 다 버렸습니다."

사과박스가 이불이고 집인데 무슨 말을 할 수 있단 말인가. 이런 거지한테 기거할 방을 준 것만도 하늘의 은혜가 아닌가. 그런 걱정까지 해주는 유집사가 고맙기만 했다.

다행히 부속실에는 전에 쓰던 사람이 두고 간 요와 이불, 베개까지 있었다. 그래서 이렇게 말했다.

"거기 있는 이불이면 족합니다. 그것을 쓰게 해주시면 고맙겠습니다."

"그럼 그렇게 하시지요. 한데 궁금한 것이 있습니다."

"말씀하시지요."

"지금까지 지내면서 고향이 어디신지 이름이 뉘신지 몰라서 알고 싶습니다."

거지 걸다는 눈앞이 캄캄했다. 잘못 말했다가는 아들한테 들킬 위험이 있기 때문이다. 그래서 적당히 둘러댔다.

"어려서 집을 나와 고향도 모르고 성도 이름도 모르고 살았습니다. 다만 군대 가기 전에 경기도 어딘지 모를 동네에서 머슴을 했는데 생각이 안 납니다. 이름도 머슴 살 때 군대에 가기 위해 제가 지어서 신고했지요. 장대 길이라고……."

"그러셨군요."

이렇게 어물어물 대답하고 그 날은 처음으로 교회 부속실에서 자게 되었다. 요를 펴고 이불을 덮고 베개까지 베고 누우니 옛날 생각이 떠올랐다.

'한때는 동네 이장도 보았고 큰집에서 체면 앞세우고 착한 아내와 아들 둘이 있었지. 큰아들 광수를 장님을 만들고 죽이려는 죄를 짓고 작은아들은 누님한테 맡겼는데 교만한 누님이 그 애도 버리고……. 나도 쫓아내고

······. 그렇게 떠돌다 다리 밑에 웅크린 거지가 되고······. 지금은 말 못할 비밀을 안고 그래도 아들 덕으로 오늘밤 이불까지 덮고 누우니······.'

그러다가 엎드려 하나님께 용서를 빌었다.

"하나님, 저는 아들을 볼 면목이 없습니다. 저는 이대로 아들의 종으로 살다가 죽고 싶습니다. 하나님, 저를 죽여주십시오. 오늘 밤도 좋습니다. 저의 아들은 장님이지만 하나님의 사랑으로 평안을 누리게 하시니 감사드립니다. 저 같은 것이 무슨 낯으로 아들 앞에 나서겠습니까?"

그렇게 기도하다 잠이 들고 아침을 맞았다. 교회 식당에서 유집사와 식사를 하고 부속실로 들어가 잠깐 쉬는데 목사 광수가 장로님들과 찾아왔다.

"예 봉사 어른 지내실 만하십니까?"

봉사 어른? 이 무슨 말인가. 봉사라면 장님이란 말인데 누가 봉사란 것인가? 그러나 대답은 간단했다.

"예."

"봉사 어른 어렸을 때는 어디 사셨습니까?"

"예."

"어른은 교회봉사를 잘하신다고 하여 제가 봉사 어른으로 부르기로 했습니다. 저 같은 장님 봉사가 아니라 교회 봉사 잘하시는 어른이란 뜻입니다. 마음에 드십니까?"

"예, 예."

"감사합니다. 예를 두 번씩이나 하시니……."

그렇게 목사는 떠났고 유집사는 물론 교인들이 봉사어른이라고 부르게 되었다. 그런데 짓궂은 사람이 이런 말을 퍼뜨렸다.

"봉사 어른을 모시는 장님 목사님. 봉사가 장님이고 장님이 봉사가 아닌가. 이게 어떻게 된 거야? 그럼 봉사는, 장님 목사 아버지란 뜻이 아닌가. 하하하."

이렇게 한 말이 소문이 되어 목사한테까지 들어갔다. 목사는 생각했다.

"이름을 붙이다 보니 이상하게 되었네. 봉사 어른이 장님 아버지라? 우연일까? 그 어른 예예하던 음성 속에 아버지 목소리가 들리는 듯했어."

그 뒤에도 목사 광수는 봉사어른을 찾아가 예예하는 음성에서 아버지 목소리를 찾고 있었다. 그것을 느낀 거지 아버지 걸다는 결심했다.

　'나는 절대 그 애 앞에 아비로 나타나서는 안 된다. 그러면 아들을 세 번 죽이는 것이다. 나는 거지로 살다 거지로 죽어 마땅하다. 며칠이라도 아들 덕에 방에서 이불 덮고 편히 자 보았으니 더 바랄 것도 없다.'

　이렇게 생각한 아버지 거지는 믿음을 다짐했다.

'아들이 믿는 하나님을 나도 열심히 믿어 아들이 간다는 천국으로 가서 둘이 만나 세상에서 못한 말을 다하리라. 아들을 통하여 만나주신 하나님, 어디를 가든지 죽을 때까지 하나님을 믿고 감사드리겠습니다.'

이렇게 무릎을 꿇고 기도한 다음 날 그는 아무도 모르게 다리 밑 거지 소굴로 돌아갔다.